我们从哪里来？我们走向何方？中国到了今天，我无时无刻不提醒自己，要有这样一种历史感。

——习近平

摘自习近平总书记在北京会见第二届“读懂中国”国际会议外方代表时的谈话（《人民日报》2016 年 1 月 5 日）

读懂中国

读懂中国丛书

读懂中国丛书

树梢上的中国

梁衡 著

CIPG | China Foreign Languages Publishing Administration
中国外文出版发行事业局

外文出版社
FOREIGN LANGUAGES PRESS

总　序

郑必坚

读者面前的这套丛书，有一个总题目，叫作：读懂中国。

为什么要提出“读懂中国”的问题呢？

你看，当今世界发生的变化，可谓天翻地覆，令人目不暇接。最大的变化，莫过于中国。

从20世纪中叶新中国成立以来，特别是最近这40年时间，就使一个多达十三亿多人口的贫穷落后的东方大国，实现了跨越式大发展，迅速成为世界第二大经济体。

人们自然会问：在中国，究竟发生了什么事情？中国快速发展的奥秘究竟是什么？

人们自然也会问：一个正在强起来的中国，和世界怎么相处？

于是乎，问题套问题，疑虑叠疑虑，“中国威胁论”“中国崩溃论”，“修昔底德陷阱”“中等收入陷阱”，这“论”那“论”，这“陷阱”那“陷阱”，纷纷指向中国。

毫无疑问，中国人应当坚定不移地走自己的路，把自己的事情办好。而这本身就包含着，为了回答人们的关切、问题和疑虑，必须做好一件事："读懂中国"。

为此，由我主持的国家创新和发展战略研究会发起，联合中国人民外交学会，和国际知名智库"21世纪理事会"合作，在2013年11月和2015年11月先后举办了两届"读懂中国"国际会议。

这两次重要的国际会议，得到了中共中央总书记、国家主席习近平的重视和支持，亲自到会同与会外国嘉宾座谈。国务院总理李克强和副总理张高丽分别出席了第一届和第二届会议，并在会上作了开幕演讲。中共中央和国务院许多部门的领导同志，也到会同来自世界各国的政要和专家学者进行面对面的交流，回答大家提出的问题。

会议取得的成功，给我们的最大启示是：只要直面问题，只要心诚意真，只要实事求是且生动具体地讲好中国故事，讲好中国共产党的故事，讲好中国和世界相处的故事，将大有利于关心中国的人获得新知，怀疑中国的人逐步释惑。

为此，我们设想，把"读懂中国"的国际会议搬到书本上，搬到视频上，搬到网络上，在更大的场合，用更加生动的形式，回答人们的关切、问题和疑虑。

这一设想，不仅得到了有关部门的大力支持，不仅得到了中国外文局和外文出版社的大力支持，而且得到了一批对这些问题有亲身实践经验和较深研究的专家学者和领导同志的大力支持，为丛书撰稿。

这就是读者面前这套丛书的由来。现在编辑出版的还只是这套丛书的第一辑，以后还会有第二辑、第三辑以至更多的好书问世；现在这一辑主要是中国作者的作品，以后还会有其他国家作者的作品。

不仅是丛书，以后还会有配套的电视专题片和网络视频，陆陆续续奉献给大家。

在我们看来，“读懂中国”，包括“读懂中国共产党”、“读懂中国和世界的关系”，是一个宏大的事业。

让我们共同以极大的热情，来关注这一事业、参与这一事业！

2018 年 3 月

目 录

序　言

这套丛书名《读懂中国》，是要帮助读者读懂中国，包括读中国的政治、经济、社会等，当然也包括中国的历史。关于中国史已有许多方面的介绍，有外国学者、华人史家的专著。如李约瑟的《中国科技史》，黄仁宇的《万历十五年》。据我的阅读经验，一般读者读史，切口愈小，角度愈新，就愈好读。

这本书就是想从过去没人用过的角度，借古树来讲历史，同时也是讲人与树的关系。我这里用了一个新概念："人文森林。"

事情的缘起是在2012年，当时我在全国人大农委工作，一次与国家林业局的官员座谈。我问坐在我旁边的资源司长："你这个资源司管什么？"她说了一句行话："管中华人民共和国国土上活立木的木材积蓄量。"我说："你只管树身上的木材积蓄量，那它身上所附载的文化内容谁来管？"她盯着我看了有一秒钟说："知识分子就是爱琢磨问题。这个事现在真还没有人管。"没有人做过的事最具挑战性。从那以后，我就开始在全国寻找"人文古树"。我曾冒叫一声，要写100棵人文古树。但动手以后才知难度之大不可想象。这无异于是一种历史研究与田野考古。写一棵树常要来回数千里，采访三四遍，耗时几年。要写100棵是绝对不可能了，现在只能将已经发表的这22棵呈献给读者。

树木是与语言文字、文物并行的人类的第三部史书。因为地球上比人年长的植物只有树木。树木、森林一直在默默地注视并记录着人类的活动。一棵古树，就是一部绿色的史书，这是多么迷人的境地。所以我的切入点是用老树来讲故事，讲正史上少有的，但又是名人、大事的故事。但绝不要没有史实根据的传说。我的标准是很苛刻的，所选中的古树，从纵的方面看必须是历史的里程碑；从横的方面看必须是当地的地标。

这本书的意义还不止于中国历史，我希望用自己笨拙的笔来推动“人文森林”这个新学科的建设，把森林保护上升到人文层面。这又超出了国界，成了一个全球性的话题。迄今为止，人类与森林的关系已走过了两个阶段。这就是物质阶段，砍木头、烧木头、用木头；环保阶段，保护森林，改善气候，创造一个好的人居环境。但这基本上还是从人的物质生活出发。其实还有一个第三阶段，就是跳出物质，从文化角度去看人与树的关系。人类除为了生存而进行物质生产外，还进行着政治、军事、文化等方面的活动。森林本身就是一个活的、与人类相依为命的生命体。它曾经是，现在也还是人类的家，如它消失，人类也必将不存。我幻想着官方、民间都行动起来，能在全国发现并正式挂牌300棵“人文古树”，在全球发现并经联合国教科文组织挂牌3000棵“人文古树”（本书中的“中国枣王”即联合国授牌），并在大学里顺势建立一门“人文森林”学科，那将是怎样的一笔文化财富？

我用这本小书，抛砖引玉。

梁　衡

2018年3月5日

黑桫椤树

黑桫椤

别名鬼桫椤、结脉黑桫椤科，桫椤属（黑桫椤属）

产于华南和西南各地，中南半岛和泰国也有分布树状蕨类，高 1—3 米，茎干被黑褐色气根和宿存的叶柄基部所覆盖。大型叶 1 至 2 回羽状复叶状深裂，集生于茎端，长 2 — 3 米，小裂片线状披针形，端尖；叶柄棕黑色至紫红色。孢子囊群着生于叶背面侧脉近基部，无囊群盖。喜暖湿气候，耐半阴，不耐寒；喜肥沃、湿润而疏松土壤。

采访时间：2012 年 12 月

采访地点：云南省腾冲县

首　　发：《中国绿色时报》2012 年 12 月 24 日

冬季到云南去看海

年末深冬季节，到云南腾冲考查林业，主人却说，先领你去看热海。我心里一惊，这大山深处怎么会有海，而海又怎么会是热的？

车出县城便一头扎进山肚子里。公路成“之”字形，车子不紧不慢，一折一折地往上爬，走一程是山，再走一程还是山；一眼望去是树，再看还是树。只见一条条绿色的山脊，起起伏伏，一层一层，黛绿、深绿、浅绿，由近及远一直伸到天边。直到目光的尽头，才现出一抹蓝天——这蓝天倒成了这绿海的远岸。

走了些时候，渐渐车前车后就有了些轻轻的雾，再看对面的林子里也飘起一些淡淡的云。我说：“今天真算是上得高山了。”主人笑道：“正好相反，你现在是已下到热海了。”我才知道，那氤氲缥缈，穿林裹树的并不是云，也不是雾，竟是些热腾腾的水汽，我们车如船行，已是荡漾在热海之上了。所谓热海，是一个方圆八平方公里的地热带。腾冲是一个休眠火山区。多少年前，这里曾经火山喷发，现在地面上仍留有许多旧痕。如圆形的火山口，黑色的火山石，还有奇特的“柱状节理”，那是岩浆喷出时瞬间形成的一片美丽的石柱。但最奇的是地下的热海。大约火山熄灭后还是不死心，便试探着要找一个出口，地下的岩浆就悄悄地摸到这里，一直窜到离地表还有七、八公里处，用炽热的火舌不停地向上喷舔着地面。于是这八平方公里的土地就成了一台巨大的锅炉，地下水被煮得滚烫，一个名副其实的热海。

热海虽名海，但我们并不能像苏东坡那样“纵一苇之所如，凌万

上图　作者在火山石围起来的古村落前

下图　火山石旁

火山喷发了，又再冷却。
当年炽热的岩浆，
早已化作冰冷的长满青苔的石垛。
生命，死而复生地轮回，
绿树盖过原野，原野上是竹篱红瓦的村落。
一个老人在火山石旁，
正用银线编织着笑容和绣布上的花朵。

顷之茫然”，也不能如曹操那样“东临碣石，以观沧海”。因为这海是藏在地下的，我们只能去找几个海眼“管中窥豹”。最大的一个海眼就是著名的“大滚锅”，单听这个名字，就知道它的威力。要看这口大锅先得爬上一个高高的“锅台”。我们拾级而上，还未见锅就已听到滚滚的沸水之声，头上热气逼人。上到锅台一看，这口石砌的大锅，直径3米，深1.5米，沸腾的热浪竟有尺许之高。由于长年累月的滚煮，锅沿上已结了一层厚厚的水碱，真是一口老锅。大锅前又开出一条数米长二尺来宽的石槽，亦是水沸有声，热气腾腾，槽上架着一排竹篮，里面蒸着土豆、鸡蛋、花生等物。这恐怕是我见过的最奇特的蒸笼了。游人可以上去随意品尝这地心之火与山泉之水的杰作，就像在城市路边的早点摊上吃小笼包子。我们看惯了日夜奔流不息的江河，可谁又见过这无年无月翻滚不止的开水大锅呢？我抬头看一眼天上的白云和锅后山崖的绿树，忽然想起张若虚的那首名诗：“江畔何人初见月，江月何年初照人？”这山上何时现滚锅，滚锅何时初见人呢？天地间悄悄地隐藏有多少秘密。

作者在“大滚锅”旁留影

因为地处热海之上，山上山下露头的温泉就随处可见。有的潺潺而流，兀自成潭；有的点点而滴，挂垂成线；还有的间歇而喷，如城市广场上的音乐喷泉。但这泉水都脱不了一个“热”字，于是就利用来做浴池，连普通的山民家也开池营业。为了能更深一层感知热海之美，我们选了一处浴室推门而入，待穿过短廊才发现并没有“入室”，而是豁然开朗，又置身在半山之上。原来这里的浴池并不是平地之池，

上图　作者在云南原始森林中考察

下图　作者在观察森林中恐龙吃过的蕨类植物

而是一个一个挂在半壁，就如高楼上的阳台。试想，在半山之上，绿风白云，枕石漱流是什么样子？我极兴奋，不肯下水，先披衣环顾四周做一回精神上的沐浴。只见偌大一个池子，犹抱琵琶，让一株从石缝中探出的大叶榕树俯身遮去了大半，而一株老藤左伸右屈就做了这池子的栏杆。池边杂花弱草，青苔翠竹，池水清清见底，水面热气微微蒸腾。水先是从一个石龙头中注入池中，再漫过池沿，无声地贴着石壁滑向山下，于是过水的半面山岩就如一堵谁家宾馆大堂里的水幕墙，淋淋潺潺。我凭栏遥望着对面林梢上升起的轻轻的雾和脚下谷底游走的云，竟有一种将军阅兵式的自豪，然后翻身入水畅游其中，仰望蓝天白云，觉得自己就是一条天上之鱼。天下真有这样的海吗？

因为刚才池边的那棵大叶榕树，下山时我就留心起这山上的植被。我知道榕树喜热，多见于福建、广东，或者西双版纳，现在能现身于偏北的腾冲定是得了地下的热气。这么一想，果然发现这方圆远近处的树的确特别，既有许多亚热带的芭蕉、棕榈，又有本地的松、柏、杉、樟，还有远古时期留存下来的曾与恐龙为伴的黑桫椤树。有一种我从未见过，枝如杨柳，叶如榆钱，在这个隆冬季节满树还箸着些红绒绒的花朵，主人说，这属柳科，就叫红丝绿柳。啊，好浪漫的名字。现在科学家已经弄清热海的来历，是这满山的绿树饱饱地蓄足了水，然后再慢慢地渗入地下，经地火加热后又悄悄送回地面，这个过程 75 年一个周期，循环往复，湍流不息。这么说来，我们现在既是行在密林之中，又是站在历史的河岸上。这块神奇的土地，我已说不清到底该叫它热海还是绿海，抑或岁月之海。其实它就是一个为地热所蒸腾，绿树所覆盖，岁月所打造的令人陶醉的生态之海。

霸王岭原始森林

海南霸王岭林区

地跨昌江、白沙、乐东、东方、五指山五个市县。

位于北纬18°57′—19°12′，东经109°02′—109°17′。是典型的热带山地雨林地区。总面积111万亩，其中重点管护区面积76万亩。属森林生态系统和野生动物保护类型的保护区。区内已知有维管束植物2213种，国家一级重点保护的有海南苏铁、葫芦苏铁、坡垒。国家二级保护的有桫椤、海南油杉、石碌含笑等24种。脊椎动物有365种，其中国家一级重点保护的有海南长臂猿、云豹、孔雀雉、巨蜥、海南山鹧鸪、蟒蛇6种。国家二级保护的有海南水鹿、海南大灵猫、山皇鸠等46种。

采访时间：2016年1月15日

采访地点：海南省昌江县霸王岭

参考资料：恩格斯《自然辩证法》

首　　发：《人民日报》2016年4月20日

霸王岭上听猿啼

猿，这种灵长类的动物，离我们人类最近又最远。生物在漫长的进化过程中，由水里的鱼变成陆上的虫、鸟、兽，最后变成两腿可直立的猿，又一咬牙，打了个哆嗦就变成了人。猿离我们最近。但现实生活中它又离我们最远。我们在野外，在动物园，在电视上的动物世界里，常可以见到狮、虎、象、蛇，但几乎没有见过猿。就是在文字记录、文学作品中也少有猿的描述。中国读书人能够记得起的也就是李白的诗句"两岸猿声啼不住，轻舟已过万重山"，这是1300年前的事情了。再就是郦道元的《三峡》："每至晴初霜旦，林寒涧肃，常有高猿长啸，属引凄异，空谷传响，哀转久绝。故渔者歌曰：巴东三峡巫峡长，猿鸣三声泪沾裳！"更是1500年前的事了，之后便少见猿影，更无闻其声。

今年1月的一天，北京已是天寒地冻，我正在一个暖融融的会议室里开会，突然手机响起，是从海南打来的，一个很兴奋的声音，是省林业厅王副厅长。他也不顾我是否方便接听就大声说："你不是要看树吗？有一个科考机会，我带你进原始森林，顺便还可以看海南长臂猿。要知道，全世界也就只有我们这里还有这个物种了，总共也不过几十只，比大熊猫还珍贵。明天就买票飞过来。"我赶紧压低声音答应着，一边溜出会议室。他还在不停地说，像是战场上发现了新情况，紧急呼叫。我看着窗外结冰的湖面，听着呼啸的北风说："这个季节出什么差呀！"他说："冬季的热带雨林很好看，海南长臂猿更难得一见，全世界在野外见过它的不过数十人，听过它鸣叫的也不过 100 人，你要能来就是第 101 人。再说，你从北到南等于又过了一次夏天。”我挡不住他的诱惑，第二天直飞海南，当晚就摸黑上了霸王岭自然保护区。翌日晨，我们在一棵大芒果树下吃过早点，便向大山深处进发了。

长臂猿与长臂猿一家

长臂猿的保护与研究是一个很专业的话题，同行的有两个重要人物来做我们的顾问。一个是这里的第一代长臂猿野外观察员陈庆，父亲是伐木工人，出生在林区，保护区一成立他就来了。长臂猿的习性是常年生活在树上，在八九十米高的树梢间，用它的长臂如荡秋千似的悠来荡去。每天要飞过 1000 棵以上的树，采食 130 多种果。老陈来林区已 50 多年，从未见过长臂猿下地行走。这也是为什么我们对狮子、老虎等猛兽可以捕获，并给它戴上无线电项圈追踪研究，而对长臂猿却很难无害捕获，更不用说戴项圈了。因为它已经有了一双和人类差不多的灵巧的手。唯一的办法就是同步跟踪观察。长臂猿每天早晨 5 点就开始啼鸣，公的叫，母的和，这是在求爱和宣示领地。所以他们就每天“闻猿起舞”。原始森林里哪有路？你想，猿在树梢上飞，他们在下面追，慌不择路，藤缠树拦，跌倒爬起，皮肉受伤是很平常的事。有一次连续一周没有听到猿的叫声，正疑惑间，一大早忽啼声突起。老陈喜急，冲出窝棚就追，野藤一绊，翻身滚进沟里，小腿骨折。他忍痛爬了两个多小时，拦了一辆拉木头的车下山，住院两个多月。

还有一位顾问是香港嘉道理集团的陈博士。嘉道理是英国一个老牌企业，上世纪30年代落户上海，后又迁驻香港，长期资助农业和生态方面的科研。陈博士是研究猿的专家，英国留学，香港工作，父母是港府官员，家有一双可爱的小女儿，他却一年有150天左右住在霸王岭上的老林中。本来他昨天要走，听说今天我要来就推迟了一天。我问："你现在的研究课题是什么？"他说："抢救猿，要先抢救树。现在主要研究猿的食用树种，育苗繁殖，恢复原生态。同时，为减少保护区原住民对林子的破坏，也研究能为山民致富的替代经济作物。"陈博士40来岁，方脸阔肩，浓眉大眼，是个帅哥。我说："你衣食无忧，不在香港与家人厮守，来这里钻林子干什么？"他笑了笑，反问我："那你，大冬天从北京跑来干什么？"车里"轰"地发出一阵快乐的笑声。这时我突然意识到，这个世界上还是有那么一部分人在为李白、徐霞客的猿操心。陈博士边走边指点着窗外，哪处曾经破坏过，哪片是新恢复的林子，如数家珍。近年来他们已

作者与保护区观察员陈庆（右）及来自香港的陈博士（中）在考察树种

作者立于巨树的板根中间

在150公顷范围内种植了51种、8万多棵长臂猿喜食树种。

车子上到半山腰，再往前就没有路了，大家下车步行。没有进过热带原始林的真不知道它的味道。我的第一感觉是品种繁多，眼花缭乱。在大自然面前立即感到自己是多么的无知。刚进山时还有松、樟、榕等能叫得上名字的树，再走就一个也不认得了。只有好奇于它的形，吃惊于它的叶和果。有一棵树，远看亭亭玉立，近看却浑身长满了扁平的刺，像一个冷美人，真可谓“远观而不可亵玩”。请教老陈，说名叫“簕榄树”。还有蜈蚣藤，贴着树往上爬，简直就是一条几米长的大蜈蚣。扁担藤，比扁担还要宽，挂于两树间，你躺上去就是一个吊床。林中多大树，动辄高100多米。树高易倒，于是就进化出特有的板状根。每一棵树都在不同方向长出几块酷似直角三角板的根。我立于板根中间，高可齐顶，平如墙壁，以手扣之砰然有声，这是根吗？如果切割下来，就是一张桌子、一块床板。但它的确是根，是这棵树的立身之本、生命之源。它利用最合理的力学原理托起了一株参天巨木，大自然真是玄机无穷。于是人们创立了一门“仿生学”，你看高压线铁塔、埃菲尔铁塔就是这“板根”原理，而飞机的机翼是鸟翅的仿造。人类永远在解读自然、学习自然，却不可能跳出自然，就像不能抓住自己的头发离开地面。

作者站在丛林中的古树与老藤旁

在林中的第二个感悟是生命的竞争。平常看动物世界，弱肉强食，不想这里也是你死我活。最典型的是藤与树的较量。树为了争取阳光就拼命地往高长。藤子虽软得不能自立却会爬上树，站到巨人的肩膀上去晒太阳。

上左图　作者搂着簕榄树

上右图　作者手扶蜈蚣藤缠绕树

下左图　扁担藤

下右图　蟒蛇藤

这对冤家在林中，一刚一柔，一直一曲，构成了一幅相争相依，相映成趣的画图。有的藤子一圈一圈，上到层楼，惊呼天凉好个秋。有的爬到半腰就被风吹落下来，闲抛乱掷，一团乱麻满地愁。藤树相争一般是藤子占上风。你在林子里经常会看到一根老藤凭空而降，悠闲自在，十分潇洒，其实这是一个笑面杀手，刚刚杀死了一棵大树。它先缠住了树，然后一扣一扣地往紧收，树就慢慢地窒息而死，朽木倒地去，树去藤还在。这就是热带雨林中常见的“绞杀”现象。也有树反过来吃掉藤子的，但这是极少的意外。有一棵碗口粗的树引起我的注意，树皮起伏，显出均匀的绳纹凸凹，颜色灰绿相间，有如军人身上的迷彩服。当初曾有一根藤子沿着它一圈一圈地往上爬，或许是因为亲吻过狠勒破了树皮。树的伤口就分泌出汁液，一点一点地将她包裹起来，终成此奇观。白居易说“在地愿为连理枝”，现在它们“在林竟成连理躯”。歌剧《刘三姐》里唱道：“山中只有藤缠树，世上哪见树缠藤”，而今天我在霸王岭上的原始森林中，竟发现了这树裹藤的惊人一幕。我以手抚树，想这迷彩服下该藏着怎样的爱恨情仇。这就是达尔文说的适者生存，自然选择。汉语很妙，翻译成“物竞天择”。万物相争，自有老天爷来当裁判。

作者轻抚“树吃藤”

正当我痴迷于这原始林的丰富变幻时，忽然老陈压低嗓子喊了一声：“有猿叫！”五六个人顿时停下脚步，停下手里的一切动作，一起像被施了魔法一样地定格在丛林中。大家伸长脖子，竖起耳朵，捕捉那早已被历史和自然遗忘了的声音，只听“嘘——”，一声长鸣越过树梢，接着远处也回应一声。我们极其兴奋，放轻脚步加快速度，同时又将全身的力气都集中在耳朵上，打捞着那飘忽不定的来自远古的回声。猿的啼声类似鸟类，尖细悠长，划空而过，穿透力极强，而且总是雌雄相答，一呼一应。这时林中阳光闪烁，溪水明灭，猿声迢递，已不辨是我们穿越时空回到了远古，还是那猿的啼鸣穿越万年到如今。

藤缠树

长藤挂树如垂帘

中午过后，我们到达一个叫葵叶岗的观察点，这是此行的终点。山坡上有一个水泥框架的小房子，门上挂着一块铁牌，上书："海南霸王岭国家级自然保护区与香港嘉道理农场暨植物园，为携手拯救极度濒危的海南长臂猿，于 2004 年成立本保护监测点，为海南长臂猿做长期定点、野外检测和研究之用。"里面四壁空空，只一个木板大通铺。这是第二代长臂猿观察点，虽已经取代了过去的草窝棚，但仍然十分简陋，可想象见，除了不能上树，会用火，他们的生活状态与猿相差无几。原始林中还有这样一批人，我不觉肃然起敬。三个年轻人，正在溪水旁舀水洗菜，埋锅造饭。他们是去年刚分来的大学生，来自东北林学院和中南林学院，算是第三代野外观察员了。

因为连续爬山，我们一个个都累得大汗淋漓，口渴腿软。每个人随意找了一节木头，围着一块大石桌坐下，边吃饭边议论着刚才长臂猿的啼鸣。老王说："你还是来对了，亲耳听到了猿的叫声，这是原始森林给你的最高礼遇。许多人多次上山也没有听到过一次，今天你可以被授予第101位听猿人了。"大家听了哈哈大笑，身上顿时轻松许多。

我抬头打量着周围的地形，这是走到尽头的一个小山谷，大约有一个篮球场的大小，三面群峰遮天，一面水流而去。山坡上满是参天巨木和一些密密麻麻的小树，都是我没有见过的，全是长臂猿的食源植物。我一棵一棵地请教着树名，赶紧记在本子上并画了草图。正面坡上是：桄榔、白背厚壳桂、海南暗椤、海南肖榄；左边是：红椤、肉食树、黄榄、白颜；右边是：乌榄、红花天料、野荔枝、海南山龙。只听这些奇怪的树名，就知道我们已经远离尘世，回到了洪荒时代。

作者在考察队员们支起的简易灶上炒菜

我随手指着身边一棵树问这叫什么，老陈说："凸脉榕。"榕树我当然是见过的，有大叶榕、小叶榕，还有气根，这棵怎么不像呢？他说："我教你，凡榕科，叶片背后都有三条脉络。"真是万物都有其理。鲁迅说第一个吃螃蟹的人最勇敢，我佩服那第一个进原始森林的人，第一个识别生物的分类学家，不知当初他们是怎样拓荒前进的。老陈边说边用一根长棍，熟练地从树上拧下一束嫩叶，说这是长臂

作者与陈庆站在葵叶岗观察点简易房门口

作者和考察队员们在品尝长臂猿爱吃的果子——短腰蒲桃

猿最爱吃的浆果叫短腰蒲桃。我看着这肥厚的绿叶，雪白的果实，想象着长臂猿在空中展演杂技，耳旁又响起那悠长的叫声。长臂猿，这个人类的近亲为什么总是在不停地鸣叫呢？恩格斯在《劳动在从猿到人的转变中的作用》一文中说：人们在协作过程中“已经到达彼此间不得不说些什么的地步了”，“猿的不发达的喉头……缓慢地然而肯定无疑地得到改造。”猿相互“属引”，是因为彼此间已经“想要说点什么了”，它最想说不愿与人分手，但在进化路上还是无奈地分道扬镳了。如毛泽东的词：“人猿相揖别”。这一别多少年呢？就在我正写这篇文章时，世界多个科研机构公布了两大最新发现，一是捕捉到了爱因斯坦100年前预言的，走了13亿光年才来到地球的引力波；二是最新化石研究证明，人与大猩猩、猿灵长类动物的分手是在1000万年前。猿鸣一声穿千古，仰观宇宙两茫茫。我们人类和猿就是在这森林边揖手而别，但下一步不知将要走向何方。

一般人要想看到猿几乎是不可能的，今天我能穿越千年，像李白、徐霞客那样，听见一声猿啼，并被授予第101位听猿人，已是万幸。为了弥补未能与猿谋面的遗憾，保护区洪局长请我们回到半山腰的检测站，看他们的实地录像。猿，其实是很可爱的，灵敏如电，萌态喜人，赛过熊猫。它们刚出生时一色金黄，毛发柔软。但长到六七岁时雌雄就分成黄黑两色，深黑的鬃毛托出雄性的威猛，而一头金发则现出雌性的妩媚。保护区存有一段珍贵视频。巨木之上一根百米青藤缓缓垂下，一只母猿正以手攀藤向下张望什么。不一会，一只小猿倏尔飞上，投入母怀，母放开小仔，观其练技。母子到达树梢后，前面丈远处是另一棵大树，母一声长啸，鼓励幼仔勇敢起跳，然后母前子后一起飞向那棵树梢。洪局长说，对猿的观察最难，蹲候数年也未必能捕捉到一个清晰的实景，这段视频是他们的"镇馆之宝"。陈博士说，现在世界上与人最近的灵长类有4种，非洲大猩猩、黑猩猩、红毛猩猩和长臂猿，三猩一猿。但只有长臂猿终年生活在树上。全世界现存长臂猿16种，全部在亚洲。海南长臂猿是英国人1894年来海南采集标本时发现的。起先归入黑冠猿，到2007年才根据叫声不同，DNA测定后独立分为一个新种，当时只有七只，两个群。按常规，这么低的存活数已不可能再繁衍下去，随即被宣布为灭绝物种。但是由于有陈庆、陈博士这样的一大批科学工作者长期仔细地保护，现在又奇迹般地恢复到4个群25只。这是对生物学的贡献，也是对地球村的贡献。但为了留住长臂猿的这一声长啼，不知有多少人长年隐姓埋名在大山中，用他们的青春、健康甚至生命来为地球挽留一个物种。陈庆他们刚上山时在小窝棚里与毒蛇、蚊虫为伍，还要对付当地苗民可怕的"放蛊"旧习，对付偷猎行为。一次老陈误踩了猎人下的铁夹子，一只脚被夹住，鲜血直流，险伤及骨。一次得了疟疾，浑身痛得下不了山，正好一外国专家来考察，随身带有一种特效药才保住一命。而有的学者因为长年在深山老林里，家里老婆实在不能忍耐，愤而离婚。人从动物变来，但人的进步在于他有了思想，他不断探寻未知，甚至愿为知识献身。而动物与人分手之后，就永远还是它自己。

对猿的研究，即是对人类自身进化史的研究，是在回望我们走过

（自下而上）巨木之上一根百米青藤缓缓垂下，一只母猿正以手攀藤向下张望什么。不一会，一只小猿倏尔飞上，投入母怀，母放开小仔，观其练技。母子到达树梢后，前面丈远处是另一棵大树，母一声长啸，鼓励幼仔勇敢起跳，然后母前子后一起飞向那棵树梢

的历史。自有科学以来，人们就孜孜以求地一面探讨外部世界，自然、宇宙；一面探讨自身、生命。恩格斯说：“猿类大概是首先由于它们在攀缘时，手干着和脚不同的活……由此又迈出了从猿转变到人的具有决定意义的一步。”“一般说来，我们现在还可以在猿类中间观察到从用四条腿行走到用两条腿行走的一切过渡阶段。”猿，给我们提供了一个难得的进化桥头堡。猿的家族也接近人类，实行严格的一夫两妻制；猿重感情，成员中有一个遇险，必去搭救；一个遇害，其余必守护不走。这也是造成它易被猎杀的原因。猿离人类很近。但是我们在很长一段时间内却不知保护这个近亲，保护它的家。以霸王岭为例，1954年就开始砍树，到1994年才基本停止，一直砍了40年，森林面积缩小殆尽。这对长年在树梢上飞翔的长臂猿来说，是釜底抽薪。森林不存何以家为？徐霞客说猿叫时“属引凄异，空谷传响，哀转久绝”。猿的叫声这样“凄异哀转”，一是叹与人类之分手，二是哀生存之艰难。一只野生的猿它每天至少要飞过1000棵树，采食130多种果，这要多大的森林空间啊？它终日长啸，哀转不已，是好想要个家，要个宽敞一点的能容下它的家。其实森林不只是猿的家，也是人的家。由于森林砍伐，山洪频发，大量农田被毁，村民已几无可耕之地，林场也已无可伐之木。如果真的到了森林被砍光的那一天，人类也就没有了立足之地。我们今天悲猿之将灭，那时又有谁来悲人类之消亡。要知道森林可以不要人类，人类却不能没有森林。虽然人类为了自身的生存和贪婪正在造成一个个物种的灭绝，但一定是等不到地球上其他物种的全部灭绝，人类自己就先消失了。到那时，也许地球又再从洪荒开始，重演进化史，或者能进化出一个比我们懂事一点的新人类。

临下山时老陈接到一个电话，说明天有一个林学家要上山来普查物种，请他帮忙。行话叫“打样”，就是在山上划出一块100米乘100

米的方格，统计格子内的所有植物。他爽快地答应了。回京后我一直惦记着这件事。就打电话过去，问那天共查出了多少物种？他说230种。我双手合十，遥望南天，祈祷着再也不要减少一种了，因为这是猿和我们共有的家。

项里桐

青　桐

别名梧桐

梧桐科，梧桐属

原产中国及日本；华北至华南、西南各地区广泛栽培

落叶乔木，高15–20米；树冠卵圆形。树干端直，树皮光滑灰绿色，通常不裂；侧枝每年阶状轮生；小枝粗壮，翠绿色。叶3–5掌裂，基部心形，裂片阔卵形，全缘。夏季开花，雌雄同株，花小，花淡黄绿色，无花瓣，顶生圆锥花序。果实分为5个分果，分果成熟前开裂成舟形果瓣，种子圆球形，着生于果瓣边缘。

采访时间：2014年10月14日

采访地点：江苏省宿迁市

参考资料：《史记·项羽本纪》

首　　发：《人民日报》2015年1月21日

秋风桐槐说项羽

十月里的一天，我在洪泽湖畔继续我的寻访古树之旅。在一家小酒店用早餐时，无意间听到百里外的项羽故里有两棵古树，下午即驱车前往。这里今属江苏省宿迁市，我原本以为故里者一古朴草房，或农家小院，不想竟是一座新修的旅游城，而城中真正与项羽有关的旧物也只有这两棵树了，一棵青桐和一棵古槐。

中国人知道项羽是因为司马迁的《史记》，一篇《项羽本纪》在中华民族三千年的文明史上树起了一个英雄，从此国人心中就有了一个永远抹不去的楚霸王。斯人远去，旧物难寻，今天要想触摸一下他的体温，体会一下他的情感，就只有来凭吊这两棵树了。那棵青桐，树上专门挂了牌，名“项里桐”。据说，项羽出生后，家人将他的胞衣（胎盘）埋于这棵树下，这桐树就特别的茂盛，青枝绿叶，直冲云天。项羽是公元前232年出生的，算到现在已有2200多年了。梧桐这个树种不可能有这么长的寿命。但是，这棵“项里桐”却怪，每当将要老死之时，树根处就又生出一株小桐，这样接续不断，代代相传。现在我们看到的已是第九代了。桐树是一个大家族，常见的有青桐、泡桐、法国梧桐等，而青桐又名中国梧桐，是桐树中的美君子，其树身笔直溜圆，一年四季都苍翠青绿。如果是雨后，那树皮绿得能渗出水来，光亮得照见了人影。它的叶子大如蒲扇，交互层叠，浓荫蔽日。在中国神话中梧桐是凤凰的栖身之地。有桐有凤的人家贵不可言，项羽在此树下出生盖有天意。现在这棵九代“项里桐”正少年得志，蓬

巨大的中国槐

勃向上，挺拔的树身带着一团翠绿的披挂，轻扫着蓝天白云。桐树之东不远处，有一棵巨大的中国槐，说是项羽手植。槐树家族有中国槐、洋槐、紫穗槐、龙爪槐、红花槐等，而以中国槐为正宗，俗称国槐。它体型庞大，巍然如山，又寿命极长。由于此地是黄河故道，历史上黄河几次决口，像一条黄龙一样滚来滚去。这故里曾被淹没、推平、淤盖，但这棵槐树不死。其树身已被淤没六米多深，我们现在看到的其实是它探出淤泥的树头，而这树头又已长出一房之高，翠枝披拂，二人才能合抱。岁月沧桑，英雄多难，这个从淤泥中挣扎而出的树头某年又遭雷电劈为两半，一枝向北，一枝向南，撕肝裂肺，狂呼疾喊，身上还有电火烧过的焦痕。向北的那枝，略挺起身子，斗大的树洞，怒目圆睁，青筋暴突，如霸王扛鼎；向南的一枝已朽掉了木质部分，只剩下半圆形的黑色树皮，活像霸王刚刚卸落的铠甲。但不管南枝、北枝都绿叶如云，浓荫泼地。两千年的风雨，手植槐修成了黄河槐；黄河槐又炼成了雷公槐。这摄取了天地之精，大河之灵的古槐，日修月炼，水淹不没，沙淤不死，雷劈不倒，壮哉项羽！

项羽是个失败的英雄。但中国史学有个好传统，不以成败论英雄，这是历史唯物主义。项羽的对立面是刘邦。刘项之争是中国历史上第一出争为帝王的大戏。司马迁为他们两人都写了《本纪》，而在整部《史记》里给未成帝后者立《本纪》的却只有项羽一人，可见他在太史公心中的地位。项羽是个悲剧人物，他的失败原于他人性的弱点。他学而无恒，不肯读书，学兵法又浅尝辄止；他性格残忍，动不动就坑（活埋）俘虏几十万；他优柔寡断，鸿门宴放走刘邦，铸成大错；他个人英雄，常单骑杀敌，陶醉于自己的武功。这些都是他失败的因素。但他却在最后失败的一刹那，擦出了人性的火花，成就了另一个自我。垓下受困，他毫无惧色，再发虎威，连斩数将。当他知道已不可能突围时，便对敌阵中的一个熟人喊道，你过来，拿我的头去领赏吧。说罢拔剑自刎。他轻生死，知耻辱，重人格。宁肯去见阎王，也羞于再见江东父老。他与刘邦长期争斗，看到生灵涂炭，就说百姓何罪？请与刘邦单独决斗。狡猾的刘邦当然不干。这也看出他纯朴天真的一面。项羽本是秦末农民大起义中一支普通的反秦力量，后渐成主力，成了诸侯的首领。灭秦后他封这个为王，那个为王，一口气封了近 20 个，他却不称帝，而只给自己封了一个“西楚霸王”，他有心称霸扬威，却无意治国安邦，乏帝王之术。

项羽的家乡在苏北平原，两千年来不知几经战火，文物留存极少，而他的故里却一直没有被人忘记。清康熙四十年，时任县令在原地树了一块碑，上书“项王故里”四个大字。这恐怕是第一次正式为项羽立碑，由是这里就香火不绝，直到现在有了这个旅游城。城内遍置各种与项羽有关的游乐设施，其中有一种可在架子上翻转的木牌，正面是项羽、虞姬等各种画像，翻过来就是一条因项羽而生的成语。如：破釜沉舟、取而代之、一决雌雄、所向披靡、拔山扛鼎、分我杯羹、沐猴而冠、锦衣夜行、霸王别姬……讲解员说她统计过，有 100 多条。现在我们常用到的成语总共也就一千来条，一般的成语辞典收三四千条，大型辞典收到上万条，项羽一人就占到百条。要知道他才活了31岁呀，政治、军事生涯也只有五年。后人多欣赏他的武功，倒忽略了他的这一份文化贡献。项羽少年时不爱读书，说“书足以记姓名而已”。未想他自己倒成了一本后人读不完的书。汉代是中国文化的源头之一，司马迁写了这样一个人物，塑造了这样一个英雄，就影响了我们民族的历史两千年，而且还将影响下去。

汉之后，项羽成了中国人说不尽的话题。史家说，小说家写，戏剧家演，诗人咏，画家画，民间传。直到现在，他的故里又出现了这个5A级的旅游城，城门、大殿、雕像、车马、演出、射箭、投壶、立体电影、仿古一条街，喧声笑语，游客如云。项羽是民间筛选出来地体现了平民价值观和生活旨趣的人物，人们喜欢他的勇敢刚烈、纯朴真实，就如喜欢关羽的忠义。历史上的“两羽”一勇一忠，成了中国人的偶像。这是民间的海选，与政治无关，与成败无关，是与岳飞的精忠报国、文天祥的青史丹心并存的两个价值体系。一个是做人，一个是爱国。

项羽是个多色彩的人物。刚烈坚强又优柔寡断，雄心勃勃又谦谦君子，欲雄霸天下又留恋家乡，八尺男子却儿女情长。他少不读书，临终之时却填了一首感天动地、流传千古的好歌词，“力拔山兮气盖世。时不利兮骓不逝。骓不逝兮可奈何！虞兮虞兮奈若何！”他杀人如麻，却爱得缠绵，在身陷重围，生死存亡之际还与虞姬弹剑而歌，然后两人从容自刎，真堪比现代“刑场上的婚礼”。这种沙场上的王者之爱比起唐明皇杨贵妃宫闱中的糜糜之爱不知要高出多少倍。他是一个性情中的人物，艺术境界中的人物，有巨大的悲剧之美，后人不能不爱他。他身上有矛盾，有冲突，有故事；而其形象又壮如山，声如雷，貌如天神，是艺术创作的好原型，民间说唱的好话题。连国粹京剧都专为他设了一个脸谱，而民间以霸王命名的“霸王花”“霸王鞭”

等不知几多。全国北至河北南到台湾“项王祠”“项王庙”又不知有多少，百姓自觉地封他为神。南迁到福建的王姓奉霸王为自家的保护神，台湾许姓从大陆请去项羽塑像建庙供养，以保佑他们平安、幸福。这就像商人把关羽奉为财神，没有什么理由，就是信，自觉地信。

但项羽毕竟是曾活动于政治舞台上的人物，于是他又成了一面历史的镜子。可以看出来，太史公是以热情的笔触，惋惜的心情刻画了这个人物。后人也纷纷从不同角度褒贬他，评点他，抒发自己的感慨。鲁迅说，一部《红楼梦》有的见淫，有的见《易》。一个历史人物，就如一部古典名著，能给人以充分的解读空间才够得上是个大人物。唐代诗人杜牧抱怨项羽脸皮太薄，说你怎么就不能再忍一回呢：“胜败兵家事不期，包羞忍耻是男儿。江东子弟多才俊，卷土重来未可知。”宋代的李清照却推崇他的这种刚烈：“生当作人杰，死亦为鬼雄。至今思项羽，不肯过江东。”毛泽东则借他来诠释政治：“宜将剩勇追穷寇，不可沽名学霸王。”项羽是一面历史的多棱镜，能折射出不同的光谱，满足人们多方位的思考。而就在这个园子里，在秋风梧桐与黄河古槐的树荫下，我看见几个姑娘对着虞姬的塑像正若有所思，而一个小男孩已经爬到乌骓马的背上，作扬鞭驰骋状。

这个旅游城的设计是以游乐为主，所以强调互动，游人可以上去乘车骑马，可以与雕像拥抱照相，可以投壶射箭，可以登上城楼，出入项羽的卧房、大帐。但是有两个地方不能去，那就是青桐树下和古槐树旁。两棵树周都围了齐腰的栏杆，只可远观而不可亵玩。再嬉闹的游人到了树下也立即肃穆而立，礼敬有加。他们轻手轻脚，给围栏系上一条条红色的绸带，表达对项王的敬仰并为自己祈福。于是这两个红色的围栏便成了园子里最显眼的，在绿地上与楼阁殿宇间飘动着的方舟。秋风乍起，红色的方舟上托着两棵苍翠的古树。

站在项羽城里，我想，我们现在还能知道项羽，甚至还可以开发

上图　作者在项王故里

下图　项羽用过的石马槽

项羽，第一要感谢司马迁，第二要感谢这两棵青桐和古槐。环顾全城，房是新的，墙是新的，碑廊是新的，人物、车马全是新的。唯有这两棵树是古的，是与项羽关联最紧的原物。是因为有了这两棵树，人们才顺藤摸瓜，慢慢地发掘、整理出其他的物件。1985 年在附近出土一个硕大的石马槽，是当年项羽用过的遗物，于是就移来园中，并于槽上栓了一匹高大的乌骓石马。青桐既是项羽埋胞衣之处，桐树后便盖起了数进深的院子，分别是项羽父母房、项羽房、客厅等，院中有项羽练功的石锁，象征力量的八吨重的大铜鼎。项宅的入口处是那块清康熙年立的石碑，而大槐树前则有陈设项羽生平的大殿及广场。一切，皆因这两棵树而再生，而存在。梁实秋说上世纪 30 年代的北平，人们讥笑暴发户是“树小墙新画不古”。你有钱可以盖院子，但却不能再造一棵古树。幸亏有这青桐、古槐为项羽故里存了一脉魂，为我们存了一条汉文化的根。考古学家把地表一二米深，留有人类活动遗存的土壤叫“文化层”，扎根在“文化层”上的古树，其枝枝叶叶间都渗透着文化的汁液。一棵古树就是一种文化的标志。我以为要记录历史有三种形式。一种是文字，如《史记》；一种是文物，如长城、金字塔，也如这院子里的石马槽；第三种就是古树。林学界认为 100 年以上的树为古树，500 年以上的古树就是国宝了。因为世间比人的寿命更长，又与人类长相厮守的活着的生命就只有树木了。它可以超出人十倍、二十倍地存活，它的年轮在默默地帮人类记录历史。就算它死去，埋于地下硅化为石为玉，仍然在用碳 14 等各种自然信息，为我们留存着那个时代的风云。

秋风梧桐，黄河古槐，塑造了一个触手可摸的项羽。

吴县四柏

柏　树

柏科柏树属，常绿乔木

在中国分布极广，北起内蒙古、吉林，南至广东及广西北部，人工栽培范围几遍全国，是优良的园林绿化树种。

我国柏树科植物有44种和7个变种，常见的有侧柏、圆柏、扁柏、花柏等。柏树分枝稠密，小枝细弱众多，枝叶浓密，树冠完全被枝叶包围，从一侧看不到另一侧，多为墨绿色的圆锥体。树皮红褐色，纵裂。小枝扁平。叶鳞片状，小形。雌雄同或异株，球花单生枝顶。球果近卵形。种子长卵形，无翅。柏树适应性强，生长缓慢，其纹理细密，结构均匀，有香气。用途广，其籽可入药。木可做建筑、家具用材。耐腐性较强。可做大面积造林、园林绿化及观赏树种。

采访时间：1984年12月

采访地点：江苏吴县（今江苏苏州吴中区和相城区）

吴县四柏

一千九百多年前，东汉有个大司马叫邓禹的在今天苏州吴县栽了四棵柏树。经岁月的镂雕陶冶，这树竟各修炼成四种神态。清朝皇帝乾隆来游时有感而分别命名为“清”“奇”“古”“怪”。

最东边一棵是“清”。近两千年的古树，不用说该是苍迈龙钟了。可她不，数人合抱的树干，直直地从土里冒出，像一股急喷而上的水柱，连树皮上的纹都是一条条的直线，这样一直升到半空中后，那些柔枝又披拂而下，显出她旺盛的精力和犹存的风韵。我突然觉得她是一位长生的美人，但她不是那种徒有漂亮外貌的浅薄女子，而是满腹学识，历经沧桑。要在古人中找她的魂灵，那便是李清照了。你看那树冠西高东低，这位女词人正右手支起，扶着后脑勺，若有所思。柔枝拖下来，风轻轻拂着，那就是她飘然的裙裾。“险韵诗成，扶头酒醒，别是闲滋味。”

西边一棵曰“奇”。庞然树身斜躺着，若水牛卧地，整个树干已经枯黑，但树身的南北两侧各劈挂下一片皮来，就只那一片皮便又生出许多枝来，枝上又生新枝，一直拖到地上，如蓬蒿，如藤萝，像一团绿云，像一汪绿水，依依地拥着自己的命根——那截枯黑的树身。就像佛家说的她又重新转生了一回，正开始新的生命。黑与绿，老与少，生与死，就这样相反相成地共存，你初看她确是很怪的，但再细想，确又有可循的理。

北边一棵为“古”。这是一种左扭柏，即树纹一律向左扭，但这树

吴县四柏之“奇”

吴县四柏之“古”

的纹路却粗得出奇，远看像一条刚洗完正拧水的床单，近看树表高低起伏如沟岭之奔走蜿蜒，贮存了无穷的力。树干上满是突起的肿节，像老人的手和脸，顶上却挑出一些细枝，算是鹤发。而她旁边又破土钻出一株小柏，柔条新叶，亭亭玉立。那该是她的孙女了。我细端详这柏，她古得风骨不凡，令人想起那些功勋老臣，如周之周公，唐之魏徵。

还有一棵名“怪”。其实，它已不能算“一棵”树了。不知在这树出土的第几个年头上，一个雷电，将她从上至下劈为两半，于是两片树身便各赴东西。她们仰卧在那里相向怒目，像是两个摔跤手同时跌倒又各不服气，正欲挣扎而起。长时间的雨淋使树心已烂成黑朽，而树皮上挂着的枝却郁郁葱葱，缘地而走。你细找，找不见她们的根是从哪里入土的，根就在这两片裸躺着的树皮上。白居易说原上草是“野火烧不尽”，这古柏却“雷电击又生”。她这样倔，这样傲，令人想起封建士大夫中与世不同的郑板桥一类的怪人。

这四棵树挤在一起，一共占地也不过一个篮球场大小，但却神志迥异地现出这四种形来，实在是大自然的杰作。那“清”柏，想是扎根在什么泉眼上，水脉好，土气旺，心情舒畅。那“古”柏，大约根须被挤在什么石缝岩隙间，未出土前便经过一番苦斗，出土后还余怒未尽。那“奇”“怪”二柏便都是雷电的加工，不过雷刀电斧砍削的部位、轻重不同，她们也就各奇各怪。真是天雕地塑，岁打月磨，到哪里去找这样有生命的艺术品呢？而且何止艺术本身，你看她们那清、奇、古、怪的神态，那深扎根而挺其身的功力，那抗雷电而不屈的雄姿，那迎风雨而昂首的笑容，那虽留一皮亦要支撑的毅力，那身将朽还不忘遗泽后代的气度，这不都是哲理、思想与品质的含蓄表现吗？大自然本身就是一部博大的教科书，我们面对她常常是一个小学生。我想应该让一切善于思考的人来这树下看看，要是文学家，他一定可以从中悟到一些创作的规律，《唐诗》《聊斋志异》《山海经》《西游记》不是各含清、奇、古、怪吗？要是政治家，他一定会由此联想到包公那样的清正，贾谊那样的奇才，伯夷、叔齐那样的古朴，还有扬州八怪等那些被社会扭曲了的怪人。就是一般的游人吧，到此也会不由得停下脚步，想上半天。云南石林里那些冰冷的石头都会引起人种种联想，何况这些有生命的古树呢？她们是牵着一条历史的轴线，从两千年以前的大地上走来的啊！

作者实地考察“清奇古怪”

长城古寺红柳

红　柳

别名柽柳，多枝柽柳

柽柳科、柽柳属植物

灌木或小乔木，老杆和老枝的树皮暗灰色，当年生木质化的生长枝淡红或橙黄色，长而直伸，有分枝，第二年生枝则颜色渐变淡。木质化生长枝上的叶披针形，基部短，半抱茎，微下延；绿色营养枝上的叶短，卵圆形或三角状心脏形。花淡红色或紫红色，棍棒状。蒴果长圆锥形，3瓣裂。种子顶端簇生柔毛。

我国新疆、甘肃、内蒙古等地广泛分布。在国外分布于阿富汗、伊朗、土耳其、蒙古、苏联及欧洲东部。

采访时间：2013年9月24日-27日

采访地点：陕西府谷县麻镇

首　　发：《人民日报》2014年10月11日

万里长城一红柳

中国北方最明显的地理标志就是长城。从山海关到嘉峪关，逶迤连绵穿行在崇山峻岭之上，将秦汉到明清的文化符号一一镌刻在苍茫的大地上。如果是夕阳西下的时候，一抹红霞涂染了曲曲折折的石墙，又为烽火台、戍楼勾勒出金色的轮廓。这时，你遥望天边的归雁，听北风掠过衰草黄沙，心头不由会泛起一种历史的苍凉。可是谁也没有注意到万里长城由东向西进入陕北府谷境内后，轻轻地拐了一个弯。这个弯子很像旧时耕地的犁，此处就叫犁辕山。这气势浩大，如大河奔流般的长城，怎么说拐就拐了呢。现在能给出的解释，只是为了一座寺和一棵树——一棵红柳树。

那天，我沿着长城一线走到犁辕山头，一抬眼就被这棵红柳惊呆了，心中暗叫：好一个树神。红柳是专门在沙漠或贫瘠土地上生长的一种灌木，极耐干旱、风沙、盐碱。因为生在严酷的环境下，它长不高，也长不粗。当年我曾在乌兰布和沙漠的边缘工作，常与红柳为伴。它大部分的枝条只有筷子粗细，披散着身子，匍匐在烈日黄沙中或白花花的碱滩上。为减少水分的流失，它的叶子极小，成细穗状，如不注意你都看不到它的叶片。这红柳自己活得艰苦却不忘舍身济世。它的枝叶煮水可治小儿麻疹。它的枝条鲜红艳丽，韧性极好，是农民编筐、编篱笆墙的好材料。我大约有一年多的时间，就住在红篱笆墙的院子里，每天挑着红柳筐出入。如果收工时筐里再装些黄玉米、绿西瓜，这在一色黄土的塞外真是难得一见的风景。但它最大的用途是防风固沙，防止水土流失。红柳与沙棘、柠条、骆驼刺等，都是黄土地上矮小无名的植物，最不求闻达，耐得寂寞，许多人都叫不出它的名字。但是眼前的这棵红柳却长成了一株高大的乔木，有一房之高，一抱之粗。它挺立在一座古寺旁，深红的树干，遒劲的老枝，浑身鼓着拳头大的筋结，像是铁水或者岩浆冷却后的凝聚。我知道这是烈日、严霜、风沙、干旱九蒸九晒、千难万磨的结果。而在这些筋结旁又生出一簇簇柔嫩的新枝，开满紫色的小花，劲如钢丝，灿若朝霞。只有万里长城的秦关汉月、漠风塞雪才能孕育出这样的精灵。它高大的身躯摇曳着，扫着湛蓝的天空，覆盖着这座乡间的古寺，一幅古典的风景画。而奇怪的是，这庙门上还挂着一块牌子：长城保护站。

站长姓刘。我问保护站怎么会设在这里？他说：这是佛缘。说是保护站，其实是几个志愿者自发成立的团体。老刘当过兵，在部队上曾是一个营教导员，他给战士讲课，总说军队是长城，退下来后回到了长城脚下，看着这些残破的戍楼土墙，心里说不清是什么味道，就想保护长城。府谷境内共有明代长城 100 公里，上有墩台 196 个，这寺正好在长城的中点。他每次走到这里，就在这棵红柳树下歇歇脚，四周少林无树，就只有这么一点绿色。放眼望去，茫茫高原，沟壑纵横，万里长城奔来眼底。他稍一闭眼，就听到马嘶镝鸣，隐隐杀声。可再一睁眼，只有残破的城墙和这株与他相依为命的红柳。一开始为了巡视方便，他就借住在寺里。后来身边慢慢聚集了五六个志愿者，就挂起了牌子。

人们常说“天下名山僧占尽”，可这里并不是什么名山，黄土高原，深沟大壑，山穷水枯。也可能就是那“犁镶”一弯，这里才被先民视为风水宝地。犁弯子就是粮袋子，象征着永远的丰收。在这里盖寺庙是寄托生存的希望。寺起于隋代，几毁几修，仍香火不绝。最后一次毁于“文革”，被夷为平地。但奇怪的是，这寺无论毁了多少次，墙边的那棵红柳却顽强地生存下来，于是就成了重新起殿建寺的标记。从树的外形判断它当在千年以上，明长城距今也只有600来年。就是说当初无论是修城的将士，还是修寺的僧人，都在仰望着这棵树工作。长城，这座我们民族抵御战争，保卫和平生活的万里长墙，在这里拐了个弯，轻轻地把这寺庙、这红柳搂在怀里。这是生命的拥抱、信仰的倾诉和文化的传递。而这棵红柳，为怕长城太孤寂，年年报得紫花开，花开香满院，又成了寺庙的灵魂。民间常有耗子成精、狐狸成精，及柳树、槐树成精的故事。红柳实现了从灌木到乔木的飞跃，算是成了精，修成了正果。它与长城与寺庙相伴，俯视人间，那密密的年轮和丝绕麻缠的筋结里不知记录了多少人世的轮回。

如果说长城是人工的智慧，红柳是自然的杰作，那么这寺庙就是人们心灵的驿站。先民日出而作，日入而息，面朝黄土背朝天，他们疲倦的魂灵也需要歇息。这寺庙不大，除了僧房就是佛堂。堂可容六七十人，地上一色黄绸跪垫，前面供着佛像并香烛、水果。可以说，这是我见过的国内最安静的佛堂。堂内窗明几净，无一尘之染。窗外是蓝天白云，人坐室内如在天上。这里既没有名刹大寺里烟火缭绕的喧闹，也无乡间小庙里求报心切的俗气。我少留片刻便返身出来，不忍扰其安宁。

我问，这座寺庙真的灵验？老刘说屡毁屡修总是有一定的道理，反正当地人信。最近一次发起修寺的是一位煤老板，煤矿总出事故，寺一起，事立止。还有，寺下有一村，村里一对小夫妻刚结婚时很恩爱，后渐成反目。妻子恨丈夫如仇敌，打骂吵闹，凶如母虎，家无宁日。公婆无奈，求之于寺。托梦说，前世女为耕牛，男为农夫。农夫不爱惜耕牛，常喝斥鞭打，一次竟将一条牛腿打断。今世，牛转生为女，到男家来算旧账了。公婆闻之半信半疑，遂上寺上香许愿。未几，小夫妻和好如初，并生一子。这样的故事还可讲出不少。我不信，但

上图　2014 年文章发表后，作者回访红柳长城保护站。图为作者在新维修好的长城上

下图　作者在红柳前

教人行善总是好事，借佛道神道设教也是中国民间的传统。就问，怎么不见僧人？答曰，现在不是做功课的时间，都去山下栽树去了。村民信佛，寺上的人却信树。欲要香火旺，先教树木绿。也是，没有那株红柳，哪有这寺里千年不绝的香火？

保护站已成立五六年，慢慢地与寺庙成为一体。连僧带俗共十来个人，同一个院子，同一个伙房，同一本经济账。志愿者多为居士，所许的大愿便是护城修城；僧人都爱树，禅修的方式就是栽树护树。早晚寺庙里做功课时，志愿者也到佛堂里听一会儿诵经之声，静一静心；而功课之余，和尚们也会到寺下的坡上种地、浇树、巡察长城。不管是保护站还是寺上都没有专门经费。他们自食其力，自筹经费维持生活并做善事，去年共收获玉米 2000 斤，春天挑苦菜卖了 6000 元，秋里拾杏仁又收入 800 元。这使我想起中国古代禅宗“一日不作一日不食”的农禅思想，一切信仰都脱离不了现实。正说着，人们回来了，几个和尚穿着青布僧袍，志愿者中有农妇、老人、学生，还有临时加入的游客。手里都拿着锄头、镰刀、修树剪子，一个孩子快乐地举着一个大南瓜。有一个年轻人戴着眼镜，皮肤白皙，举止文雅，一看就不是本地人。我问这是谁，老刘说是山下电厂的工程师，山东人。一次他半夜推开院门，见寺外一顶小帐篷里一人正冷得打哆嗦，就邀回屋过夜，遂成朋友。工程师也成了志愿者，有时还带着老婆孩子上山做义工，这院子里的电器安装，他全包了。大山深处，长城脚下，黄土高原上的一所小寺庙里聚集着一群奇怪的人，过着这样有趣的生活。佛教讲来世的超度，但更讲现时的解脱：多做好事，立地成佛，心即是佛，佛即是我。山外的世界，正城市拥堵、恐怖袭击、食品污染、贪污腐化、种族战争等等，这里却静如桃源，如在秦汉。只有长城、古寺、志愿者和一棵红柳。无论中国的儒、佛、道还是西方的宗教都以善行世。我突然想起马致远的那首名曲《天净沙》，不觉在心里叹道：

长城古寺戍楼，蓝天绿野羊牛，栽树种瓜种豆。红柳树下，有缘人来聚首。

老刘说，其实单靠他们几个志愿者，是保护不了长城的。也曾当场抓获过偷城砖的、挖草药的，甚至还有公然用推土机把长城挖个口子的，但是都不了了之。对方眼睛瞪得比牛眼还大，说："你算个球！县长都不管呢。"确实他们一不是公安，二不是警察，遇到无赖还真没有办法。但是现在可以"曲线护城"了，这就是来借助树和佛。目前虽还没有一个管用的"护城法"，却有详细的《林业法》，作恶者敢偷砖挖土，却不敢偷树砍树。保护站就沿长城根栽上树，无论人砍、牛踏、羊啃都是犯法。而同样是巡城、执法，志愿者出来管，对方也许还要争执几句，僧人双手一合十，他就立马无言。头上三尺有神明，人人心中有个佛呀。这真是妙极，人修了寺，寺护了树，树又护了长城。文物保护、治理水土、发展林业、改善生态等，无论从哪一方面来说这都是个很有意思的典型。就像那棵无人问津、由灌木变成乔木的红柳，在这个古老的犁辕弯里也有一个少为人知，亦俗亦佛、既是环保又是文保的团体。县长下乡调研，见此很受感动，随即拨了一笔专项经费给这个不在册的保护站。县长说，这笔钱就不用审计了，我知道他们花钱比政府还仔细。两年来老刘用这钱打了一眼井，栽了300亩的树，为站里盖了几间房。寺不可无殿，城不可无楼。他还干了一件大事，率领他的僧俗大军（其实才十来个人）走遍沿长城的村子，收回了一万多块散落在民间的长城砖，在文物局指导下修复了一个长城戍楼。完工之日，他们在寺庙里痛痛快快地为历年阵亡的长城将士做了一个大法会。

那天采访完，我在寺上吃晚饭，大块的南瓜、土豆、红薯特别的香。他们说，这是自己种的，只有地里施了羊粪才能这样好，山外是吃不到的。饭后，我要下山，老刘送我到寺门口。志愿者晚上回城去住，寺里突然冷清下来。晚风掠过大殿屋脊的琉璃瓦，吹出轻轻的哨音。归鸟在寺庙上空盘旋着，然后落到了墙外的林子里。夕阳又给长城染上一圈金色的轮廓。人去鸟归，万籁俱静，我突然问老刘："这么多年，你一个人守着长城，守着寺庙，是不是有点孤寂？"他回头看了一眼红柳，说："有柳将军陪伴，不孤单，胆子也壮。"这时夕阳已经给红柳树镀上一层厚重的古铜色，一树紫花更加鲜艳。我说："回头，在北京找个专家来给你测一下这树的年龄。"他说："不用了，我已经知道。"我大奇："你怎么知道的？""去年秋八月的一个晚上，后半夜，月光分外地明。我在房里对账，忽听外面狗叫。推开院门，在红柳树旁站着一位红盔绿甲的将军。他对我说，你不是总想知道这树的年龄吗？我告诉你，此树植于周南王14年，到今天已2326年。说完就消失了。"我看看他，看看那树，这一次我真的是惊呆了。

作者回访长城保护站，并赠诗："天降灌柳古寺栽，经年长成乔木材，为怕长城太孤寂，岁岁报得紫花开。"诗名为《咏犁辕寺红柳》

回京后，我第一件事就是去查中国历史年表，史上并没有"周南王"这个年号。但是，我不忍心告诉老刘。

七里槐

槐　树

别名国槐

落叶乔木，蝶形花科乔木植物高6–25米，常作庭荫树和行道树，干皮暗灰色，小枝绿色，皮孔明显。羽状复叶长15–25厘米；小叶9–15片，卵状长圆形，顶端渐尖而有细突尖，基部阔楔形。圆锥花序顶生；萼钟状，有5小齿；花冠乳白色，旗瓣阔心形。荚果肉质，串珠状，长2.5–20厘米，肾形。

约70余种，产地分布宽广，主要分布在西南、华南和华东地区，少数种分布到华北、西北和东北。

采访时间：2014年11月11日、12日

采访地点：河南省三门峡市陕县七里村

首　　发:《中国作家》2015年10期

死去活来七里槐

中华民族的三千年文明史是一部英雄史也是一部苦难史。如果要找一个记录了中华民族苦难的活的物证，那就只有河南三门峡的七里古槐了。

2014 年 11 月，我到三门峡市出差，顺便问及当地有无可看的古迹。他们说，去看“七里古槐，”我却听成“奇离古怪”。我说：“怎么个怪法？”答曰：“不知何年生，也不知几回死，活得死去活来。”树坐落在陕县观音堂镇的七里村，以地得名。

一

槐树在北方农村无处不有，是村民乘凉、下棋、集会和夏天吃饭的好地方，已成民俗文化的一部分。在我的记忆中，那是一把绿色的大伞，是一个温馨的摇篮。小时院门外有大小两棵槐树，爬树、掏鸟、采槐花，是我们每天的功课。每当傍晚，炊烟袅袅，小村子里弥漫起柴火香时，大人们就此一声彼一声地呼喊着孩子们回家吃饭。这时我们就在高高的树枝上透过浓密的树叶，大声回答：“在这儿呢！”然后像猴子一样滑下树来。可以说我的童年是在槐树上度过的。印象中槐树的树身平整光滑，不糙不凹，每爬时必得以身贴树，搂紧臂，夹紧腿，快倒脚，才不会滑落。树枝是黛绿色的，光润可爱，表皮上星布着些细小的白点，像旧时秤杆上的金星。树性柔韧，农民常取其枝，以火煨弯，制扁担钩、镰刀把、筐子提手等物件，孩子们则用来制弹弓。

可是眼前的这棵槐树怎么也不敢让我相信它还是槐，这是一个成精的幽灵。它身重如山，杆硬如铁，整棵树变形、扭曲、开裂、空洞、臃肿，无论如何，再也找不到我脑海里槐树的影子。它真是一怪，“奇离古怪”。

先说这树的大。古槐坐落在长安到洛阳古驿道旁的一处高坡上，树身遮住了半个蓝天，未进村先见树。据说当年唐开国大将尉迟恭在七里之外就见到这棵树。当你向树走去时，它就像一座大山正向你慢慢压来。等到爬上土坡，靠近树下，你又觉得这不是树，而是一堵墙，一座城堡，直逼得你喘不过气来。要像小时候那样，再搂着它爬是绝对不可能了。你倒是可以踩着不平的树身攀上去。为了测量树围，我们五个男人手拉着手，才勉强将它合抱。准确地说，这树围也是无法测量的，因为它的表面起起伏伏，如瀑布泻地，如山川纵横，早已不成树形，无法合围，只能大概地比画一下。这时你仰观树冠如乌云压顶，再退后几十米看，那主干在蓝天的背景下又成龙成凤，如狮如虎，张牙舞爪，尽人想象。四、五里之外就是横跨欧亚大陆的陇海铁路，每有客车过时就特别广播，请大家注意看窗外的古槐。它已成中州大地上的一个地标。

奇怪之二，这树浑身上下布满了大大小小的疙瘩和深深浅浅的空洞。古树身上有几个疙瘩和洞不足为怪，这是它的骄傲，是年迈德高的标志。如老人手臂上的青筋，脸上的皱纹，是岁月的积累，时光的磨痕。但树生疙瘩如人生肿块，毕竟不是好事。况且这树也不是只有几处凸凹，而是全身堆满了疙瘩，根本看不出原来的树纹。我想试着数一下树身上到底有多少个疙瘩，大中套小，小又压大，似断又连，此起彼伏。你盯不到半分钟就眼花缭乱，面前是一片连绵的山峰，来去的云朵。你一时又像掉进了波涛翻滚的大海，或者乱石穿空的天坑。都说卢沟桥的狮子数不清，这槐树身上的疙瘩根本就无法数，永远也没有个数。而且树身是圆形的，你边走边数，转一圈回来，已经找不到起点，扑朔迷离，如在雾中。我们已坠入一个“奇离古怪”的方阵，一个从未经见过的时空系统。

二

这棵树所在的陕县，属中国最古老的地名。现在我们常说的陕，是指陕西省。就像豫指河南，晋指山西。其实，陕的溯源是现在河南三门峡市的陕县，古称陕塬，也就是现在这棵古槐的札根之处。周成王登位之后，周、召二公帮他治理天下，两人分工以陕塬为界，周治陕之东，召治陕之西，并立石为界。现在陕县还存有这块“分陕石”。算来，这已是三千年前的事了。今天偌大的一个陕西省，20 万平方公里，却是因为坐落在一块小石之西而得名。陕塬之西的西安是十三朝古都，之东的洛阳是九朝古都。一部中国古代史几乎就是在这两个古都的连线上来回搬演。你看，这棵老槐一肩挑着两个古都，背靠三晋，左牵豫，右牵陕，老树聊发少年狂。它像一根定海神针，扎在了中国历史地理的关键穴位上。天下大事合久必分，分久必合，在这块古老的土地上，多少次的朝代更替，多少代的人来人去，黄河奔流东逝水，沧桑之变知几回。但是这株老槐不死。上天把它留下来，就是要向后人叙说那些不该忘记的苦难。

老槐无言，但它自有记事的办法，这就是满身的疙瘩。古人在没有文字之前，最原始的办法是结绳记事。这棵古槐与中华民族共患难，不知经过了多少风雨，熬过了多少干旱，穿过了多少战乱。它每遭一次难就蹙一次眉，揪一下心，身上就努出一块疙瘩。

三

古槐生在唐朝，它遭的第一大难是“安史之乱”。

中国古代农民所受之苦，大致有两类。一是服兵役。不管哪个人上台，哪个朝代更替，都是用刀枪说话。“一将功成万骨枯”，一朝更替血漂杵。兵者，杀也。只要战事一起，就玉石俱焚。百姓或者被驱使杀人，或者被人杀。二是赋税徭役。统治者是靠人民供养的，农民要无偿地缴纳实物，无偿地贡献劳力。唐朝有“租庸调法”，“租”即缴粮，“庸”即缴布，“调”即服役。而战事频繁无疑加剧了赋税的征收与劳役的征召。兵役与徭役就像两扇磨盘，不停地碾磨着无辜的生命。

中国人以汉唐为自豪。唐强盛的顶点是开元之治，但接着就发生了天宝之乱，即“安史之乱”。有趣的是，这个大转折发生在同一个皇帝，即唐玄宗身上。开元、天宝都是唐玄宗的年号。他前期小心翼翼，励精图治，后期贪图安逸，纵容腐败，重用奸臣。中国封建社会两千年，是君主专权的家天下，各朝由治到乱几乎都是同一个模式，祸乱先从掌权者自身开始，从他们的私事、家事甚至是婚事开始。唐玄宗鬼使神差地爱上了自己的儿媳妇杨玉环，先让她离婚，出家，然后又转内销，返娶为妃。就是史上著名的杨贵妃。玄宗与贵妃终日饮宴作乐，不理政事。白居易有诗为证：“春宵苦短日高起，从此君王不早朝。承欢侍宴无闲暇，春从春游夜专夜。”这时，地方上已藩镇割据，军阀坐大。其中最有势力有野心的是安禄山，杨贵妃又认安为干儿子，里勾外连，姑息养奸。这等下伤人伦，上毁朝纲，外乱吏治的胡作非为，让在长安以东刚刚长成不久的这棵槐树不觉皱眉咋舌，当时就起了一身鸡皮疙瘩。这恐怕就是这棵古槐最初长疙瘩的缘起。后来安禄山公开扯起反旗，756年在洛阳称帝，国号大燕。然后就顺着这条驿道从老槐树下一直打到长安。今陕县一带是叛军和政府军反复争夺的主战场。什么叫“祸国殃民”，当政者以国事为儿戏，以私乱国，招来横祸，又祸及百姓。内战一起，驿道上、黄河边就人头落地，血流成河。只西塬一战，20万唐军就全军覆没。而百姓，不是死于乱军中，就是被抓丁拉夫。家破人亡，痛不欲生。诗人杜甫亲历了这场大乱。离老槐树不远，有一个石壕村，杜甫在这里过夜，正遇上抓壮丁。房东老妇人出来说，连年打战，家里早无男丁，要抓就把我抓去吧，别的不会，可以到军营里帮你们做做饭。来人就将老妇带走了。可见战争中人口锐减，民生凋敝到何种程度。虽已千年，这石壕村现在仍然沿用旧名，那天我去时，村口迎面的大墙正书着那首《石壕吏》。杜甫夜宿的窑洞还在，只是已坍塌过半。巧合的是这个千户大村，有一半人姓杜。村外的石壕古驿道在埋没多年后，最近又被重新发现，旅游部门正在维修，准备对外开放。我们试走了一回，那坚石上磨出的车辙，足有一尺之深，可见岁月的沧桑。当年杜甫就是从洛阳出发踏着这条驿道过新安县、陕县、潼关回长安的，沿路所见，心酸不止。他边走边吟为我们留下了著名的《三吏》(《新安吏》《石壕吏》《潼关吏》）和《三别》(《新婚别》《无家别》《垂老别》)。“客行新安道，喧呼闻点兵”，“暮投石壕村，有吏夜捉人”，“哀哉桃林战，百万化鱼虫”。这连年的战乱，百姓何以生存！杜甫曾被叛军困在长安，战乱过后，他又目睹了这座当时世界名都的颓废荒凉：“国破山河在，城春草木深。感时花溅泪，恨别鸟惊心。”与杜甫同困在长安的还有写了著名的《吊古战场文》的大散文家李华，他这样描写当时战争的残酷和百姓的从军之苦：“万里奔走，连年暴露”，“无贵无贱，同为枯骨”，这唐朝经安史之乱后就开始走下坡路。政治日渐腐败，吏治更加黑暗，社会贫富差别日益扩大。老槐之西靠近长安城，有一个阌乡县（今属灵宝市），缴不起租税的农民被关入大牢，不少人在牢中冻饿而死。白居易愤而向上写了一封《奏阌乡县禁囚状》，又写诗感叹道："朱轮车马客，红烛歌舞楼。欢酣促密坐，醉暖脱轻裘……岂知阌乡狱，中有冻死囚。"面对这种腐败，这槐树俯首驿道，西望长安，只能以泪洗面了。日复一日，泪水冲刷着树身，皴裂开一道道的细缝，又侵蚀出一个个的空洞。它浑身的疙瘩高高低低又增加了不少。

唐之后，经过五代十国几个短命王朝的更替，直到公元960年赵匡胤重又统一天下，建立大宋。宋朝的首都还是定在河南。这中间又乱了200多年，再后是金人的入侵，宋、元、明、清的更替，社会激荡，兵连祸结，民不聊生。官道上："车辚辚，马萧萧，爷娘妻子走相送，尘埃不见咸阳桥"。狼烟四起，尘埃滚滚，再加上兵匪在树下勒绳拴马，埋锅造饭，砍树斫枝，老槐树被折磨得喘不过气来，又不知几死几活。

四

历史进入到近代，封建王朝终于结束，迎来了民国。但这又是一个乱世。自1911年推翻皇帝到了1949年建立新中国的38年间，外族入侵，兵连祸结，虽有一个国民政府，但全国从来没有真正统一过。河南这块中州大地，又成了逐鹿中原的战场，黄河泛滥的滩涂，水、旱、蝗灾肆虐的舞台，最是我民族苦海中的一个荒岛。老槐树又经历了一个最痛苦的时期。史学家李文海撰写的《中国近代十大灾害·万里赤地》中记载，"民国"十八年（1929年）北方大旱以河南为最，全省118个县，受灾面积112个，灾民3500万。而河南又以这棵老槐所在的豫西为最。连续两年颗粒不收，杨、柳、椿、榆、槐等树，叶被捋光，皮被剥尽。将树叶吃完后，灾民只好去吃细土，人即滞塞而死。大灾接连瘟疫，天灾引发匪患，民不聊生。陕县一带出现“僵尸盈路，死亡载道”。是年，上海《申报》文章载《豫灾惨状之一斑》：“一男子担两筐，内卧赤体小儿两个，污垢积体，不辨肤色，辗转筐内，咿呀求食。其男子见人即呼，愿以20串钱卖此二子，言之声泪俱下。”当时任河南省民政厅长、省赈务会主席的张钫（新中国成立后为全国政协委员）到南京向蒋介石面陈灾情。1930年到1931年间以张的名义发出的求救电文达50多件。1930年天津《益世报》载《中原风声鹤唳，张钫为民请命》。在这场大饥荒中古槐与饥民同为乱世所扰，烈日所烤，疫气所蒸。兵匪过其下，乌鸦噪其上，尘垢裹其身。灾民无奈，又再一次对老树捋叶剥皮。唐槐又一次地死去活来。

1938年，蒋介石为阻日军南侵，在花园口炸开了黄河，虽暂挫日军，但中州大地也顿成一片沙漠，年年旱灾、蝗灾不断。1942年又现史上少见之大灾。许多地方出现了“人相食”的惨状，一开始还是只吃死尸，后来杀食活人也屡见不鲜。但这并没有引起蒋介石政府对河南灾情的重视，并一味掩饰。2月初重庆《大公报》刊登了该报记者从河南灾区发回的关于大饥荒的报道，却遭到国民政府勒令停刊三天的严厉处罚。美国《时代》周刊驻华记者白修德闻讯后，即冲破阻力在当地传教士的帮助下到灾区采访。路旁、田野中一具具尸体随处可见，野狗任意啃咬。他拍了多幅照片，将这场大饥荒公布于世。这次大饥荒更甚于民国18年，死亡人数达300万之多！这一切都发生在老槐树的脚下。树与人同难，已被捋叶剥皮的老槐，眼看树下死尸横陈，耳听远方哀鸿遍野，再一次地痛彻骨髓，死去活来。人活脸，树活皮，树木全靠表皮输送水分养分。天大旱地无水，水分何来？人饿疯又剥其皮，它还怎得生存？于是树内慢慢朽出大大小小的空洞，而主干上也只剩下了些横七竖八的枯枝。

更可怕的是在这老树下发生的不仅是天灾，更有人祸。1937 年卢沟桥事变后，日军开始向中国腹地步步侵入。并且实行灭绝人性的“三光”政策，制造了无数惨案。近来纪念抗战胜利 70 周年，许多史料又被重新发现。1944 年春，日寇集中侵华战争以来的最大兵力，在中国战场发动了代号为“1 号作战”的对中国豫湘桂正面战场的战略进攻，河南首当其冲。而这老槐树下的“灵（宝）陕（县）之战”又是河南战役中规模最大、最为残酷之战。河南文史资料载，1944 年 5 月 25 日，日军截获大批逃难民众，便将河南大学、各中学女生及军队女眷 500 多人，赶到卢氏县外的洛河河滩上，在光天化日之下，强剥衣裤，裸卧沙滩，恣意蹂躏，然后又割乳、剖腹，全部杀死。凄厉哭号之声，惨不忍闻。史称“卢氏惨案”。这年夏天，日军又将中条山战役中俘虏的 2000 多名中国军人押到三门峡市北的会兴镇山西会馆内，取名为“豫西俘虏营”。日军不顾国际公约，肆无忌惮地折磨俘虏。每天每人只配给 4 两发霉的小米，强迫重体力劳动。如有伤病，就用刺刀捅死，扔进沟壑。只一次就逼迫 400 名丧失劳动力的俘虏，每人挖坑一个，然后推入坑内活埋。这次战役中国军队进行了英勇抵抗，第 36 集团军总司令兼第 47 军军长李家钰、57 军第 8 师副师长王剑岳将军阵亡（2014 年 9 月 1 日，民政部第 327 号公告，公布了第一批 300 名著名抗日英烈名录，他们荣列其中）。老槐目睹了这一幕，青筋暴突，两眼冒火，恨不能拔拳相助，可它这时也已极度衰弱，只能陪我可怜的同胞忍受这空前的民族大耻辱。老泪横流，痛不欲生。

五

这老槐经历的最后一难是“文革”之乱。“文革”中最响的口号是“打倒刘、邓。”这两人又都与老槐有缘。

1938年11月当这株唐槐经历了千年的风雨，身心交瘁，孤守驿道时，眼前突然一亮，路上从西向东走过一个瘦高个的人，还有几个随从，都穿着过去从未见过的八路军的衣服。这人就是刘少奇，他从延安过来，要传达中共六届六中全会的精神，指导中共和八路军在河南的工作。他从树下走过，踏着这条千年古道，一直走进渑池八路军兵站，在这里召开了中共豫西特委扩大的干部会。更值得一提的是他在这里写成了名著《论共产党员修养》，并办了两期特训班，进行讲授。当年这一带属卫立煌管的一战区，作为八路军副总司令的彭德怀常来往于途，与卫共商抗日大事。《彭德怀自述》里说：“从西安乘车到洛阳，见了卫立煌，拜访了一些民主人士”，说的正是这一段路。那时正是国共合作，大家同仇敌忾打鬼子，老槐树也心有所慰，精神了许多。后来盼到了新中国成立，没有想到刘少奇当了国家

作者手绘七里槐并赋诗：“路边有古槐，人道唐代栽。兵火几曾死，旱涝尘泥埋。挺身如泰山，破裂成沟崖。细辨龙虎文（纹），喜怒恐与哀”

主席，它十分惊喜。但是好景不长，“文革”风云一起，刘少奇就被打倒、批斗，百般受辱，永远开除党籍，最后又送回河南囚禁而死。1995年老槐又见证了王光美重访此地，含着泪在一方红布上写下了刘少奇生前的最后一句话：“好在历史是人民写的。”

它虽然没有见过邓小平，但“文革”中批邓的鼓噪声震耳欲聋，在它浑身大大小小的树洞里嗡嗡回响，让它心烦意乱。1975年，曙光一现，邓小平复出，大抓整顿，全国气象为之一振。但不到一年又掀起了“批邓、反击右倾翻案风”，邓再次被打倒。用文艺武器来搞政治本是江青的拿手好戏，“四人帮”决定拍一部批邓电影名《反击》，外景地就选在这棵老槐树下。那天，老槐见一群红男绿女，扛着些“长枪短炮”类的家什，拿着些奇奇怪怪的道具，明明是城里的娇娃嫩女，却扮作些有皱纹的老农、举锤的工人、扛枪的战士，粉墨登场。他们围在树下，一哇声地高喊批邓。村民还有过路人都围在树下看热闹。突然，咔嚓一声一根大腿粗的老枝，从空断裂，扒在树上看热闹的一个外地人，随之落地，口吐鲜血，不省人事。村民赶紧卸下一块门板，招呼人飞快地抬往附近医院。眼看要出人命，拍摄也就草草收场。不久“四人帮”垮台，这电影当然也再没有放映。这是那天下午现场采访时，几个老人比画着，给我讲的他们亲历的老槐树发怒的故事。据村民回忆，十年“文革”，老槐总是打不起精神，奄奄一息。自从这次树呼一何怒，“文革”就很快结束，老树又焕发了生机，如一只烈火中再生的凤凰。这就是我们在文章开头讲到的那郁郁葱葱的样子。三门峡，因黄河水流湍急、峡口水中有中流砥柱而闻名，而这棵七里古老槐真不愧为我中华民族历史长河中的中流砥柱。

这树下可考的名人，除前面说到的杜甫、白居易、刘少奇、彭德怀外，还有罗章龙、冯玉祥、鲁迅。上世纪二三十年代，这观音堂是豫西重镇。陇海铁路只修到此为止，再往西无论人货运输，都是要换乘公路或黄河水路。人与物的滞留集散倒成就了这里的繁华。1921 年 11 月陇海铁路工人大罢工，李大钊曾派罗章龙来这里组织领导。1924 年 7 月鲁迅到西安讲学，在观音堂下车，改乘船走黄河水道，一周后才到达西安。1927 年冯玉祥治豫，发誓要扫荡黑暗，7 月曾亲临树下讲演。现在树下还存有他讲演内容的一块石碑，上面刻着五条："我们是一定要将贪官污吏土豪劣绅打倒；我们是要建设极清廉的政府；我们要为人民除水害，兴水利，修道路；我们要教育人民，使人民能读书，能写字；我们要训练为人民利益的军队。"

六

胜利使人骄傲，苦难让人清醒。无论是对一个民族还是一个人，苦难永是一剂良药。一个没有经历过苦难的民族是不成熟的民族；一个经历过苦难而又不知道保存这份记忆的民族是短视的民族；只有经历了苦难而又能时时不忘，以史为镜，知耻而勇的民族才是最有希望的。

由于地理气候的关系和人为的原因，历史上中国大陆，特别是中原地区一向多灾。水、旱、蝗、黄、兵、疫、匪，七灾俱全。人和树都生活在这块黄土地上，一次次地克服苦难，死中求生，化险为夷。可惜，人的记忆常常是选择性的，在英雄与苦难、经验与教训、胜利与牺牲、光荣与屈辱之间，常记住了前者而忘记了后者，甚而是有意地回避。幸亏在这个国土上还有古树与我们同在，树不欺人亦不自欺。它与我们扎根在同一片土地上，同呼吸共命运。天灾，灾树亦灾人；人祸，祸人也祸树。树木在默默地记录着一切，而且远比人的记忆悠长。它有自己的语言，用宽窄不同的年轮、扭曲变化的形体或枯或润的肤色、高高低低的肿块、深深浅浅的树洞来表达它的喜悦与愤怒，录下了它所经历过的自然和人文的变迁。以铜为镜可正衣冠，以人为镜可知得失，以树为镜可还原本然。当我们心浮气躁时，踌躇满志时，或者将要受临大任之际，请找一棵起伏不平、遒劲桀骜、伤痕累累的古树来读一读吧，面对它沉思默想一会儿，你会顿然脚踏实地，心静如水。

那天采访完后正是日暮时分，夕阳压山，红霞满天，风停云住，宿鸟归林。我终于能静下心来，以手抚树，一点一点地来研读一下这棵老槐。它五围之长，数丈之高的树干表面，展开后就是一幅巨大的历史画卷。中国传统文人的画多表现闲适题材，留下的著名长卷如写山水之美的《富春山居图》，写市井繁华的《清明上河图》，写人物飘逸的《十八神仙卷》，还有写这个古槐所在地古代贵族生活的《虢国夫人春游图》等，无不如此。而写现实生活中苦难的几乎没有，只有近代蒋兆和的一幅《流民图》。人工不逮天工补，现在好了，我们有了这幅上迄唐代下到“文革”的《老槐说难图》。这是一幅老辣的焦墨山水人物画，那凝重枯涩的线条欲断还连，欲哭无泪；这是一幅毕加索的《格尔尼卡》，那立体图形的拼接，似像非像，似有似无，诉说着被撕裂、被蹂躏后的悲惨和痛苦；这又是一幅发愤图，树身上的疙瘩如拳如脚，如枪如戟，我耳边又响起在这树下殉国的李家钰将军的誓言：“男儿持剑出乡关，不灭倭寇誓不还”。这里面有历史，安史之乱、民国之乱、“文革”之乱等一个不少；有故事，战争、冤狱、天灾，应有尽有。这画中有人物，唐朝以胖为美，你看大团的线条组合与立体肿块的堆砌中，有雍容富态的杨贵妃，有风流倜傥的唐明皇，还有那个特别肥大的安禄山（传安禄山体壮如山，肚肥如鼓，刺客连刺三刀，未破其肚）。画中还有瘦弱多病的杜甫，才思奔涌的李华，忧国忧民的白居易，直到鲁迅、冯玉祥、刘少奇、彭德怀。在这个世界上，树和人是相通的，树中有人，人中有树。要不，毛泽东怎么在病危之际仍然要人给他读《枯树赋》呢？当读到“昔年种柳，依依汉南。今看摇落，凄怆江潭。树犹如此，人何以堪！”他不由得泪流满面。

往事越千年，满树疙瘩记苦难。树因水土气候的关系而生疙瘩，这很自然。但是因人文社会的变化而郁结于心，鼓为疙瘩，这有没有根据？陪我去采访的报社孟总讲了一个他亲身经历的故事。当年他们村里有一棵大杨树，浑身长满了疙瘩。疙瘩何来？都是从人身上来的。那些年缺医少药，村民得了病就请本村一个半医半巫的老人来治。治法也很简单，河边揪一把草药，熬了喝下，老者守在身边口中念念有词，同时伸手在病人身上一抓，向大杨树的方向甩去。病人就“涊然汗出，霍然病已”。那大杨树就代人受病去了。年长日久，杨树就长满了一身的疙瘩。又过了些年，村里搞基建，将这树伐掉，各家分了几块木板。孟家人多，正愁无床，就拿来做了铺板。结果凡睡上的人都身上起疙瘩。孟总浑身最多时起过 42 个。最后只好将这铺板移作别用，人身上的疙瘩也就慢慢消失。信不信由你，但确有其事。

树木有灵。村边一棵杨树能为全村人担灾，这千年古驿道旁的一棵老槐当然也要为我中华民族分担苦难。

中华版图柏

柏　树

柏科柏树属，常绿乔木

在中国分布极广，北起内蒙古、吉林，南至广东及广西北部，人工栽培范围几遍全国，是优良的园林绿化树种。

我国柏树科植物有44种和7个变种，常见有侧柏、圆柏、扁柏、花柏等。柏树分枝稠密，小枝细弱众多，叶鳞片状，枝叶浓密，多为墨绿色的圆锥体。树皮红褐色，纵裂。雌雄同或3异株，球花单生枝顶。球果近卵形。种子长卵形，无翅。柏树适应性强，生长缓慢，其纹理细密，结构均匀，有香气。用途广，其籽可入药。木可做建筑、家具用材。耐腐性较强。

采访时间：第一次2013年9月24日-27日；第二次2014年11月15日-17日；第三次2015年11月11日-12日

采访地点：陕西省田家寨镇

参考资料：欧阳修：《论麟州事宜札子》（庆历四年五月）

首　　发：《人民日报》2016年2月3日

中华版图柏

在晋、陕、蒙三省区的交界处有一座山名高寒岭。它是长城内外的分切点，又是万里黄河的拐弯处。能在这里远眺河山，遥对青史，是一种幸运。孔子说登泰山而小天下，惜其不知他身后还有更大的天下。

高寒岭，其名“高”，海拔 1426 米，为周边之最，由此向北直至外蒙古一马平川；其名“寒”，冬季最冷时零下 31 度，冰雪盖野。但就是在这样的环境下，竟生长着遍野的松柏，绿满沟壑，一望无际。而岭的最高处，有一棵柏树，树冠的剪影极像一幅中国版图，被称为“中华版图柏”。就在这棵树下不知演绎了多少有关中国版图的故事。

作者手绘中华版图柏

大约在孔子那个时期，这里属于晋国的地盘，又是游牧经济区与农耕经济区的交汇点。各民族、各诸侯国、各地方势力纷争不断。长期以来，拉锯式地争夺留下的一大痕迹就是长城。从秦代到明朝，这个巨大的战争工事，不断地增修改建。从这里辐射出去的军事、政治力量，逐渐改变着中国的版图。而这棵树却一直在冥冥中静静地观察，悄悄地记录，时长日久，它也竟变成了一幅版图，定格在高寒岭上。

作者与中华版图柏

我是2013年初上高寒岭的。当时为扶贫开发，人们刚发现了这块沉睡的荒野。大家惊奇地奔走相告，说山上有一棵极像中国地图的柏树。我上山后也为之震惊。只见这棵柏树独立在山巅，于蓝天白云的背景上衬映出一幅逼真的中国地图，而它的脚下，千山万壑里全部填满了各种形状的松柏，郁郁葱葱，绿满天涯。我信造物有缘，凡自然之物形有所异者，必是上天情有所寄，理有所寓。于是便遍访当地人士，翻寻史志，搜求典故，以证其奇。自那年上山之后就念念不忘，连续三年，年年来参拜，时时在寻思。

柏树是一种很长寿的树种，在中国大地上三千年的柏树并不少见。我的家乡，太原的晋祠公园里现在还有周柏唐槐，小时常去摸爬，印象很深。那年，从宝鸡到西安，过周公庙，三千年的柏树更是成排成行。柏树性喜阴耐寒，专在背阴、积雪、崖畔处生长。其根或深扎黄土，或裂石穿墙，或裸露崖上，随山势地形奔突屈结，天赋其形，鬼斧神工，常是根雕的好材料。因柏多生崖畔，又俗称崖柏，生命力极强。其木质耐腐，且有一种淡淡的芳香，所以古人常用来做棺木，以图不朽。其品种很多，有侧柏、圆柏或桧柏。高寒岭上的柏为侧柏，叶扁平如纸，片片成羽，厚厚的叠加在一起，成一团绿云。不过老百姓称之为降龙木，据说佘太君手里的拐杖就是这种木头。

这里演绎的第一出版图大戏是在北宋时期。而且竟与范仲淹、欧阳修等名人有关，这是我过去绝没有想到的。赵匡胤结束了五代纷争统一天下后，宋王朝的北部边界到此为止。但边墙外还有两个外族政权正对它虎视眈眈。这就是党项族建立的西夏和契丹族建立的辽。夏、辽、宋，又是一部史上魏、蜀、吴之后的“三国演义”。西夏在其首领李元昊的率领下十分强悍，不断南下袭扰，宋丢城失地损失惨重。因为赵匡胤是武将出身靠兵变得天下的，所以宋代实行抑武扬文的政策，文臣带兵。一般人都知道范仲淹、欧阳修的文章好，他们的名字永存在《古文观止》上，却很少人知道他们还金戈铁马，将文章写在北方的冰天雪地上和大漠黄沙中。范仲淹的那首著名的《渔家傲》词，就是写他在北地带兵戍边的战争生活：

塞下秋来风景异，衡阳雁去无留意。四面边声连角起。千嶂里，长烟落日孤城闭。

浊酒一杯家万里，燕然未勒归无计。羌管悠悠霜满地。人不寐，将军白发征夫泪。

这首词有一个版本就名《渔家傲·麟州秋词》。词中紧闭的孤城即指麟州，就是现在的神木，距高寒岭不到 25 公里。

当年西夏十分强势，宋政治军事的腐败导致前线连吃败仗。朝廷没有办法，于康定元年（1040 年）起用范仲淹。范因为敢于说实话，议论朝政，给皇帝和太后提意见，这之前已经三次被贬在外。他受命后不计个人得失，从秀丽的浙江赶赴荒凉的西北，三个儿子都先后随他来到前线。这年他已 52 岁。他到任后不急于出战，狠抓军事训练，选拔当地将领，积极修筑工事。又改革兵制，强调兵将一体，将领身先士卒。宋制，一旦入伍终身为兵，为防逃逸就在士兵脸上刺一个字。范认为这太伤人格，是对士兵的不尊重，下令改刺于手心。又允许军队带家，在边地实行屯垦。经过三年的努力，又打了几个胜仗，宋渐从颓败中回缓过来。双方成相持之势。西夏人忌惮范，说他胸中自有雄兵百万。宋仁宗说有范仲淹在前线，我可以睡个安稳觉了。

范当时率军主要在今延安到甘肃一带的西线作战，宋仁宗于庆历四年任范仲淹为河东、陕西宣抚使，并赐黄金百两，要他去今山西及陕西的神木、府谷一带的东线视察。原来，当时宋对夏、辽作战的大本营是河东，即现在的山西。高寒岭为战略要地，其东边的麟州要塞，孤悬在黄河之西，每年要从河东供应粮 60 万石，草 120 万车，负担很重。因此朝中有人认为主张弃守麟州。皇帝要他去实地调查拿个主意。范主张力保麟州，并将皇上赏他的黄金全部分给守边将士，激励大家保家卫国。他又加修工事，招流民三千户，免其赋税，恢复边地经济。这年，朝里又派时为谏官的欧阳修前来调查。欧调查后支持范的做法，上奏折说："麟州天险不可废，麟州废，府州（即现府谷县）则不可守。河东州县则不安。"并建议皇上批准将今山西北部的忻、代、岢岚等地开放，耕种实边，进一步雄厚周边地区的经济实力，就近供应前线。欧阳修还提出一项用当地土人将领（他称之为"土豪"）的政策。他在奏折里说："今议麟州者，存之则困河东，弃之则失河外。若欲两全而不失，莫若择一土豪，委之守麟州坚险，与兵二千，其守足矣。……其当自视如家，系己休戚，其战自勇，其守自坚。"有一出有名的传统戏《佘太君挂帅》。佘家，就是宋时在这里世代守边的一大"土豪"家族。朝廷对之十分信任，最高时官授一品。佘家，其实姓折，在当地二字同音。去年宋史专家还在府谷开了折氏专题研讨会。

范、欧二人视察高寒岭是在庆历四年。一说到这个年份，人们就会想起中学课本里读过的《岳阳楼记》，开头第一句就是："庆历四年春，滕子京谪守巴陵郡。"这范、欧、滕三人是好朋友，都属于当时的改革派和主战派。范仲淹与滕子京还是同一年的进士，曾被一同派到现在的江苏南通治海修堤，风大浪高，当时许多人想打退堂鼓，惟范、滕二人于海浪中屹然不动，互引为知己。后来命运又把他们从东南沿线推到西北大漠，范在庆阳前线统兵作战，滕在当地任地方官，积极支前保证供应，交情愈厚。这时朝中的保守派找了一个机会，诬告滕劳军时多花了钱，要判他入狱。范仲淹在皇帝面前据理力争，说这样将会让前线的将士寒心，以后谁还替你守边？滕才得以免罪，但还是被贬到了巴陵郡。他到任后毫不气馁，励精图治，两年后百废俱兴，乃重修岳阳楼。这时他想到了两个出生入死的朋友，便分别给范仲淹和欧阳修各写一信，希望他们每人写一篇岳阳楼记。这实则是借楼明志，以记其壮。滕在《求记信》里说："天下郡国，非有山水环异者不为胜；山水非有楼观登临者不为显；楼观非有文字称记者不为久；文字非出于雄才巨卿者不成著。"在他眼里只有范、欧二人才算得上"雄才巨卿"。这封信现还存《岳阳县志》里。但不知为什么历史没有留下欧阳修的文章，而范仲淹的《岳阳楼记》却成了千古名篇。范的这篇文章实在是醉翁之意不在酒，借洞庭湖的波涛浇胸中的块垒，大写他们的改革经历和人生况味。是他"庆历新政"政治改革的文学表达。

一般人只知道江南水乡洞庭湖畔，渔舟唱晚中的岳阳楼，何曾想到这塞外的高寒岭，也是范、欧、滕三人友谊和那一段历史的见证。岳阳楼是一座人工的砖木建筑，是庆历改革同仁们的南方坐标，而这高寒岭上的版图柏，则是他们的北方坐标。不过更珍贵的，它是一个活着的生命，一个活着的坐标。岳阳楼是一件文物，版图柏是一棵古树，这又再次说明记录历史可以有三种形式：文字、文物和古树。而树木又是最忠实无言的、活着的、青枝绿叶、有汁有液的有情感的记录。现测得这棵版图柏的树龄已971年，当地人说是范、欧来时所栽。这虽无确考，但这棵树的确是见证了范、欧二公翻山越岭，踏冰卧雪，筑寨守城的。也见证了庆历新政的改革派们忧国忧民、爱国报国的思想。现在人们已在高寒岭上造了一座“范欧亭”，纪念他们的功绩。说也奇怪，我三次上高寒岭都是在深秋之际，每当我登高一望，看沟壑起伏万木萧条之时，就想起欧阳修的《秋声赋》：“秋之为状也，其色惨淡，烟霏云敛；其容清明，天高日晶；其气栗冽，砭人肌骨；其意萧条，山川寂寥。”范、欧是历史的天空烟霏云敛，天高清明之后才逐渐显露出来的人物，而这棵版图柏经历千年的秋风的扑打，浑身已刻写出一道道的皱纹，它俯瞰群山，岿然不动。当年宋夏之争时，它挺立在这里是国境上的一根界桩，而现在，一千个春来秋去，它还在这萧条寂寥的高寒岭上守望着北疆，守望着历史。

高寒岭上演绎的第二出中国版图大戏是在康熙年间。原来明清之际，在今新疆伊犁河一带兴起了一支准噶尔蒙古族，到康熙时在其首领噶尔丹的率领下已称霸中亚。其势力东起兴安岭，西到伊犁，时常南下侵城掠地，抢夺人口，成了悬在大清北天上的一团乌云，也是压在康熙心头的一块石头。庆父不除，鲁难未已，噶尔丹不除，大清难宁，北部边境的版图无法完整。康熙决心反击，连续三次亲率大军出征。

高寒岭

第一次是康熙二十九年（1690年），噶尔丹从兴安岭西麓南下，直逼北京。37岁的康熙出古北口与噶在今河北、内蒙古交界的坝上草原相遇，打响了史上有名的乌兰布通战役。茫茫草原，无险可守。噶尔丹也真不愧为一个奇人，便命将一万头骆驼缚腿卧地，环列为城。驼背上搭以箱笼，蒙上湿毡，士兵依为工事，施放火器、弓矢，号“驼城阵”。这恐怕是中外战争史上唯一的一次以骆驼为战斗工事的战例。清军以火炮攻“城”，只可怜了那些无辜的骆驼。那年为写秋季的草原，我去过这个地方。草地上有一个小湖，倒映着蓝天白云，据说当年湖水尽为血染。时康熙的舅父为将，亲自上阵与敌格斗，牺牲于此，这湖后来就名将军泡子。可想当时战斗的惨烈。是役清军大胜。噶兵败后逃到今蒙古国西部的科布多。1695 年，噶又率骑兵 3 万南侵。第二年，康熙又率兵出独石口（今河北赤城）开始了第二次亲征，直将噶追击至今外蒙古乌兰巴托东南。噶军几被全歼，妻子被杀，他只率数十骑逃脱。康熙三十六年（1697 年），康再鼓余勇发起了第三次亲征，对噶作最后的清除。出发前他谕示山、陕、甘三省巡抚，一切费用即由中央拨付，不得借机再向地方摊派，扰累百姓。他 2 月 29 日从府谷刘家渡过黄河，3 月 4 日在高寒岭住一宿。第二天一早醒来，朔风刺骨，寒气逼人。他登上山顶，手扶着古柏，向北瞭望，但见群山起伏，白雪皑皑，一望无际。不由想起前方的将士，抛家离乡，爬冰卧雪地守护边疆，心中一阵感动，便口占诗一首《晓寒念将士》：“长河冻结朔风攒，带甲横戈未即安。每见霜华侵晓月，最怜将士不胜寒。”壮丽的河山，强大的军容，更激励了这位马上天子，不灭强虏誓不罢休的壮志。这时恰

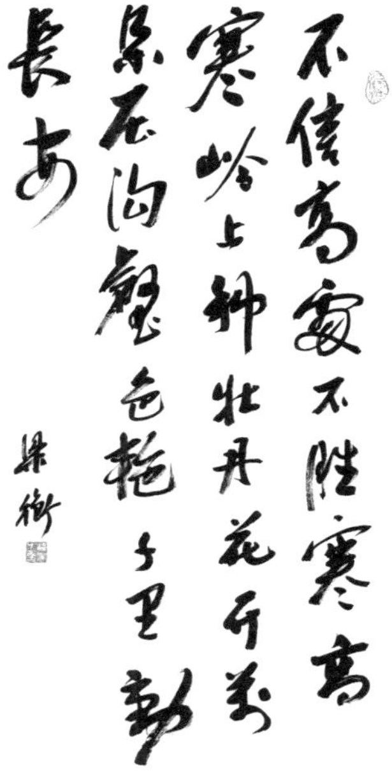

作者为高寒岭赋诗：“不信高处不胜寒，高寒岭上种牡丹。花开万朵压沟壑，色艳千里动长安。”

逢噶在伊犁的老窝发生内乱，康乘势挥师西进，风卷残云。3 月 13 日噶尔丹败死，清军大获全胜。4 月 7 日胜利班师的康熙又高兴地赋诗道：“黄舆奠四极，海外皆来臣，莫言漠北地，芸芸皆吾人，六载不止息，三度勤征轮，边拆自此静，亭堠无烟尘……”他对部下说，朕两年之内三出沙漠，栉风沐雨，并日而餐，千辛万苦就是为了立强国之大业。确实我们应该感谢康熙三次北地亲征，前后八年，现在的中国版图基本上是他那时奠定的。

康熙这几次亲征除平定叛乱外，还调查研究解决了两件大事。

一是不修长城。1691 年 5 月，康熙第一次征噶尔丹之后，古北口总兵官蔡元向朝廷提出，他所管辖的那一段长城“倾塌甚多，请行修筑”。康熙坚决不同意，他批示道：“秦筑长城以来，汉、唐、宋亦常修理，其时岂无边患？明末我太祖统大兵长驱直入，诸路瓦解，皆莫能当。可见守国之道，惟在修得民心。民心悦则邦本得，而边境自固，所谓‘众志成城’者是也。”以康熙这样一个满人皇帝，却能熟悉儒家经典，洞察历史，得出“守国之道，惟在修得民心”的结论，要把长城筑在民心上，真是难能可贵。这也是清朝能立国 260 多年的原因之一。康熙的“民心长城”含多项内容，如吸收汉族的先进文化，多民族共处，沿用科举制度，用汉官，修康熙字典，编四库全书等。

第二件大事则是开放禁地，蒙汉融合。原来，清王朝开国初期为避免蒙汉两族的矛盾，在晋、陕、蒙边境，沿长城一线划出 50 里宽，1000 里长的缓冲地带，俗称“皇禁地”。蒙民不得放牧，汉民不得种地。这次他过高寒岭，看到边地蒙汉两族民众生活艰难，便下令逐步开放禁地，允许蒙民放牧，汉民种地。康熙三十五年（1669 年）他下令：“有百姓愿意出口种田，准其出口种田，勿令争斗”。第二年，山西、陕西的汉民即纷纷拥入准格尔旗开垦土地。这就是后来绵延数百年的走西口的由来。先是允许边民春去秋回种地，不许居住，再逐步

黄河

长城

负载着历史文化的古城

发展到可以在口外居住生活。清政府还屡次调整相关政策，不断丈量土地，完善管理，后来在高寒岭一线，以“仁、义、礼、智、信”五字命名，设了五个以开发土地为主的城寨。“仁、义”两段属山西河曲管理，“礼、智、信”三段属陕西府谷管理。这不但在经济上繁荣了边疆，在文化上也实现了民族大融合，为后来发展成多民族的国家奠定了基础。

现在，当我手抚翠柏，遥望河山时，这里虽然还有残存的戍楼、烽火台，但边境线早已北移到千里之外。只见山下水草丰美，牛羊成群，天边飘荡着蒙古族的长调，而黄河两岸田连阡陌，稻黍遍野，汉家炊烟袅袅，当年的古战场已演变成一片和平祥和的土地。我大学一毕业就分配在这一带工作，这里农牧交错，蒙汉融融，早已无边塞之感。我们不由想起康熙的那句话“民心悦则邦本得，而边境自固”。现在高寒岭已开辟为黄河长城旅游区和森林公园，更引进了经济与观赏价值俱佳的高寒牡丹。千山万壑中除松柏叠翠之外，又多了一个花团锦簇，牡丹遍野的景观。柏树旁新立起了一个康熙的铜像，一抹夕阳给他还有不远处的范欧亭镀上了一层金色的轮廓。这时，再回头看这棵翠柏，早已不是国境上的一根界桩，而是一个新时空的地标。

塞下秋来风景异，长烟落日说青史。千嶂里，烽火台下翠柏绿。

铁锅槐

槐　树

别名国槐

落叶乔木，蝶形花科乔木植物高6–25米，常作庭荫树和行道树，干皮暗灰色，小枝绿色，皮孔明显。羽状复叶长15–25厘米；小叶9–15片，卵状长圆形，顶端渐尖而有细突尖，基部阔楔形。圆锥花序顶生；萼钟状，有5小齿；花冠乳白色，旗瓣阔心形。荚果肉质，串珠状，长2.5–20厘米，肾形。

约70余种，产地分布宽广，主要分布在西南、华南和华东地区，少数种分布到华北、西北和东北。

采访时间：2014年11月27日

采访地点：河南省商丘市民权县白云寺村

首　　发：《人民日报》2015年5月20日

铁锅槐

一棵上百年的老槐树长在一口铁锅里，这好像绝不可能，但确实如此。

11月底，我在河南商丘寻找人文古树，看了几棵汉柏宋槐都不理想，大家气喘吁吁地坐下来吃午饭。当地一位朋友突然一拍脑袋说："怎么忘了铁锅槐呢！"放下筷子，我们便冒着小雨赶到70公里外的白云寺，拜访了这个锅与槐的奇妙组合。

白云寺初创于唐贞观年间，曾是与少林、白马、相国等寺齐名的中原四大古寺，但现在香火不旺，我们去时寺里凄风苦雨，只有几个僧人袖手看门，一个小和尚系着围裙在伙房里淘米，后院及两厢都是零乱的砖瓦木料。进门后的右手处就是我们要拜访的铁锅槐——现在已是这个寺的镇寺之宝。只见一圈石栏杆中躺着一口直径两米多的大锅，锅里挺立着一棵有三层楼高，两抱之粗的古槐。锅沿有三指厚，在雨水的润泽下闪闪发光，像是一个套在树根上的项圈。锅已半埋土中，树的主根大约早已穿透锅底，深扎地下，而侧根已将铁锅挤满撑破，又翻出锅外垂铺在地，蜿蜒屈结，像一大块不规则的钟乳石，或是一摊刚冷却了的熔岩。看着这一锅的老根，我只觉得这是一锅慢慢烹煮着的时间。虽是深秋，这古槐仍枝叶繁茂，覆盖有半亩大的地面。因铁锅垫着根部，整棵树身向西边倾斜，巍巍然如一座比萨斜塔，有一种饱经沧桑的厚重与庄严。

寺院是中国民间特有的宗教圣地，是沟通佛与人的桥梁。为了给僧人和香客备饭，寺里常有超大的铁锅，这口两米大锅还不算最大，

铁锅槐

我曾见过一口，洗锅时要放下一个梯子，才能将人送到锅底。大锅往往是一个寺院兴旺的标志。这白云寺在康熙时达到鼎盛时期，常住僧人就有千余人。史载1687年寺里主持佛定和尚为舍粥济贫，造铁锅两口，日煮米一石二斗。19年后一口铁锅经长年的火烤水煮终于有了裂纹，就被几个小和尚抬着放到寺的一角。春去秋来，寺院盛而又衰，这口锅也渐渐被人淡忘。荒草爬上了墙角，淹没了铁锅。这时一只喜鹊衔着一粒槐籽从天上飞过，它俯下身子，看到这汪嫩绿的鲜草，就落下来歇脚，槐籽落在铁锅里，发芽，生根，于是成就了这棵铁锅槐。树高挡不住风哟，山高挡不住云，只要有水有空气的地方就有生命。

作者与这棵槐树

铁锅槐无疑是大自然的杰作，是天工之物，就算一百个聪明的头脑也想象不出这样的作品。万物有缘，槐树本是一种最普通的树种，数百年来在山地平原、房前屋后不知有槐几多，而长在铁锅里的唯此一棵；铁锅本是一种最普通的炊具，千家万户用来烧水煮饭的铁锅不知几多，但用来栽树而且长成大树的也只有这一个。再说，就算这锅与树前世有缘，那结合之后的数百年岁月，水火兵燹，雷劈电击，畜啃人砍，寺院塌毁，它们又携手逃过了多少劫难才有今天的正果？物竞天择，实践筛选，这是铁的定律。在无尽的岁月长河中，无数个偶然机缘的不停地组合，就诞生了天才，就出现了奇迹。虽然人类愈来愈聪明，但还是逃不出自然的手心。不见我们办了多少音乐学院，却常会输给一个牧羊女或打工汉的歌喉；办了多少文学院，而大作家总是长在校园外。而最豪华的制作莫不过皇室培养自己的接班人了，从选妃子、找奶妈开始，到定太子、配师

霄飞手绘《铁锅槐》

傅，结果总是不如草莽中杀出来的开国之主。假如现在有谁出巨资请你再复制一组铁锅槐，恐怕打死也不敢接这个活。

这铁锅槐虽是天工之物，但它修行于古寺中，早已融进人的智慧和佛的灵性。虽然在悬崖之上，在大河之岸，树抱石之类的奇树不知多少，但那些树所抱的都是自然界的石头，而这棵古槐抱的却是一口煮饭的铁锅。是人工所造，佛家所用，为达官贵人煮过茶，为穷汉乞丐舍过粥的普度众生的锅，是一锅人间烟火。这锅与槐的结合，是信念的守望，是佛与人的拥抱，是伟大的天人之合。你要只看看那锅里劲结的树根，就知这株槐有多大的定力，它咬定铁锅，将它凿穿、撑裂、抱紧、融合，直至最后再也分不清是锅抱槐还是槐抱锅。这是心的力量，是佛家所谓的大愿，不信世上事不成，不信有缘不结果。它们就这样晨钟暮鼓，相濡以沫，古寺残阳中不知送走了多少寂寞。一个生命总是不知道自己来自何处，落在哪里，但一落地它就会坚强地活下去，会本能地捍卫它生的权利，去创造生命的奇迹！

临出寺门时我又回望了一下这棵铁锅槐。这时暮云四合，经秋雨打湿的树身更显出沉稳的铁青色，它斜伸着像一支要射向云空的利箭。而根部那一圈闪亮的锅沿则如一把拉满弦的弓，引而待发。我忽然觉得，伫立在面前的是一个面壁的达摩，是另一版的罗丹雕塑《思想者》。

世人多爱盆景，喜其能于尺寸之间盈缩天地，吐纳岁月。而古今中外，到哪里去寻找铁锅槐这样一个天地所生、人神共塑的盆景呢。

左公柳

柳　树

别名杨柳

杨柳科，柳属，落叶乔木或灌木

柳树在我国已有2000多年的栽培历史，枝细长柳柔软下垂，性喜湿地；树皮组织厚，纵裂，老龄树干中心多朽腐而中空。果实为蒴果，成熟后2瓣裂，内藏种子多枚，种子上具有一丛棉毛。柳树耐寒，耐涝，耐旱，喜温暖至高温。

世界约520余种，中国有250余种，遍及全国各地。柳树易繁殖，栽培方法简单，生命力强。柳树因柳和“留”同音，所以古人常以柳赠友，以表达依依惜别之情。

采访时间：2013年10月22日

采访地点：甘肃省平凉市

参考资料：《左文襄公在西北》

首　　发：《人民日报》2014年7月23日

左公柳，西北天际的一抹绿云

清代的左宗棠是以平定太平天国、捻军、回民起义，收复新疆的武功而彰显于后世的。但是，他万万没有想到，自己死后被谥号为“文襄公”，而人们对他最没有争议的纪念竟是一种树，并不约而同地呼之为“左公柳”。可见和平重于战争，生态高于政治。环境第一，生存至上。

带棺西行

十年前我就去过一次甘肃平凉，专门去柳湖凭吊那里的柳树。平凉是当年左宗棠西征，收复新疆的跳板，他的署衙就设在柳湖。左虽是个带兵的人，但骨子里是中国传统文化中耕读修身的知识分子。未出山以前他像诸葛亮那样躬耕于湖南湘阴，潜心治兵法、农林、地理之学，后来虽半生都在带兵打仗，但所到之处总不忘讲农、治水、栽树。他驻兵平凉时，于马嘶镝鸣之中还颇有兴致地发现了一个三九不冻的暖泉，就集资修浚了这个湖，并手题“柳湖”二字。现在这遗墨仍立于水旁。那年来时，我的印象湖水泱泱，柳丝绵绵，老柳环岸，一派古风，内心只是泛起了一点岁月的沧桑，并未深动。直到近年读了几本关于左公的书，才又引起对他的注意，去年秋天又专门重访了一次柳湖。

作者在左公柳旁

由西安出发西行，车子驶入甘肃境内，公路两边就是又浓又密的柳树。在北方的各种树木中，柳树是发芽最早的。当春寒寂寂之时，它总是最先透出一抹绿色，为我们报春。柳树的生命力又是最顽强的，它随遇而安，无处不长，且品种极多，形态各样。我在青藏高原的风雪中见过形似古柏，遒劲如铁的藏柳；在江南的春风细雨中见过婀娜多姿的垂柳。只我的家乡山西，就有两种截然不同的柳。北部的山坡下生长着一种树形高大，树冠浑圆的“馒头柳”，其树头的分枝修长柔韧，常用来制草原上牧民用的套马杆。而南部平原上的小河流水旁，却生长着一种矮小的成灌木状的白条柳，退去绿皮，雪白的柳条是编制簸箕、笸箩、油篓等农家用具的绝好材料。现在我眼前的这种柳是西北高原常见的旱柳，它树身高大，树干挺直，如松如杨，而枝叶却柔密浓厚。每一棵树就像一个突然从地心涌出的绿色喷泉，茂盛的枝叶冲出地面，射向天空，然后再四散垂落，泼洒到路的两边。远远望去连绵不断，又像是两道结实的堤坝，我们的车子夹行其中，好像永远也逃不出这绿的围堵。

左宗棠是1869年5月沿着我们今天走的这条路进入甘肃的。在这之前的11年，马克思在《鸦片贸易史》中分析中国：“一个人口几乎占人类三分之一的大帝国，不顾时势，安于现状，人为地隔绝于世并因此竭力以天朝尽善尽美的幻想自欺。这样一个帝国，注定最后要在一场殊死的决斗中被打垮。”被不幸言中，十年来，大清帝国在和西方列强及国内农民起义的搏斗中已经精疲力竭，到了垮台的边缘。虽有曾国藩、李鸿章这些晚清重臣垂死支撑，但还是每况愈下。李说，他就是一个帝国的裱糊匠。就在这时左宗棠横空出世，为日落时分的帝国又争得耀眼的一亮。

左算得上是中国官僚史上的一个奇人。按照古代中国的官制，先得读书，考中进士后先授一小官，然后一步一步地往上熬。他三考不中便无心再去读枯涩的经书，便在乡下边种地边研究农桑、水利等实用之学，后因太平天国乱起，就随曾国藩办湘军。1866 年甘肃出现回民起义时，左正在福建办船政，建海军，对付东南的外敌。朝中无人，同治皇帝只好拆东墙补西墙，急召他赴西北平叛。但这时的政局已千疮百孔，哪里只是一个回民起义。甘肃之西，新疆外来的阿古柏政权已形成割据，而甘肃之东继太平军之后兴起的东、西捻军，纵横陕西、河南、山东，如入无人之境。左受命时皇太后问西事几年可定？他答：5 年。并提出一个战略构想：欲平回先平捻，先稳甘再收疆，一开口就擘画出半个中国的未来形势图，其雄心和目光超过当年诸葛亮的隆中对。而这时清政府捉襟见肘，哪有这个实力。朝中以李鸿章为代表的主流派干脆主张放弃新疆这块荒远之地。是他力排众议终于说动朝廷用兵西北。

左宗棠受命之后，先驻汉口指挥平捻，到 1869 年 11 月才进驻平凉，这年他已 58 岁。如果历史可以回放的话，这是一个十分悲壮的镜头：一队从遥远的湖南长途跋涉而来的士兵，穿着南国的衣服，说着北方人听不懂的“南蛮”语，艰难地行进在黄风、沙尘之中。队伍前面的高头大马上坐着一位目光炯炯，须发即白的老者，他就是左宗棠。最奇的是，他的身后十多个士兵抬着一具黑漆发亮的棺材，在刀枪、军旗的辉映下十分醒目。左宗棠发誓，不收复新疆，平定西北，决不回京。人们熟知“力拔山兮气盖世”的项羽破釜沉舟的故事，可有多少人知道这个手无缚鸡之力的南国老翁，带棺出征过天山呢？

绿染戈壁

左宗棠在西北的政治、军事建树历史自有公论，我们这里要说的是他怎样首创西北的绿化和生态建设。左到西北后发现这里的危机不只是政治腐败，军事瘫痪，还有生态的恶劣和耕作习惯的落后。大军所过之处全是不毛的荒山、无垠的黄沙、裸露的戈壁、洪水冲刷过后的沟壑。这与江南的青山绿水、稻丰鱼肥形成强烈的反差。左宗棠隐居乡间时曾躬耕农亩，他是抱着儒家“穷则独善其身”的思想，准备种田教书，终老乡下的。但是命运却把他推向西北，让他“达则兼顾天下”，兼顾西北。而且除让他施展胸中的兵学、地学外，还要挖掘他腹中的农林水利之学。

左宗棠画像（现藏北京大学图书馆）

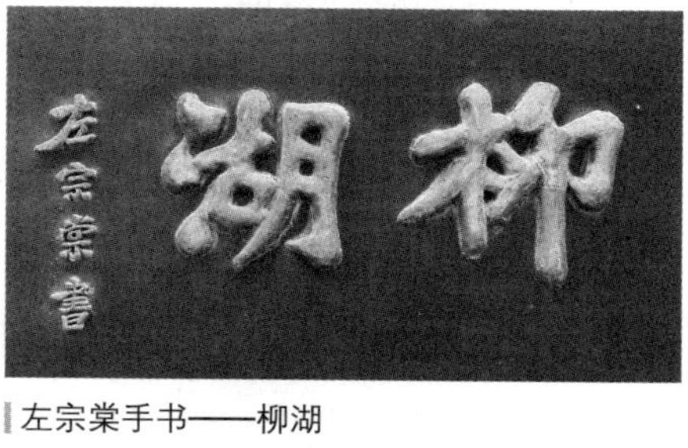

左宗棠手书——柳湖

面对赤地千里，他干的第一件事就是栽树，这当然是结合战争的需要（但古往今来西北不知几多战事，而栽树将军又有几人？）。用兵西北先要修路，左宗棠修的路宽三到十丈，东起陕西的潼关，横穿甘肃的河西走廊，旁出宁夏、青海，到新疆哈密，再分别延至南疆北疆。穿戈壁，翻天山，全长三四千里，后人尊称为“左公大道”。1871 年 2 月左下令栽树，有路必有树，路

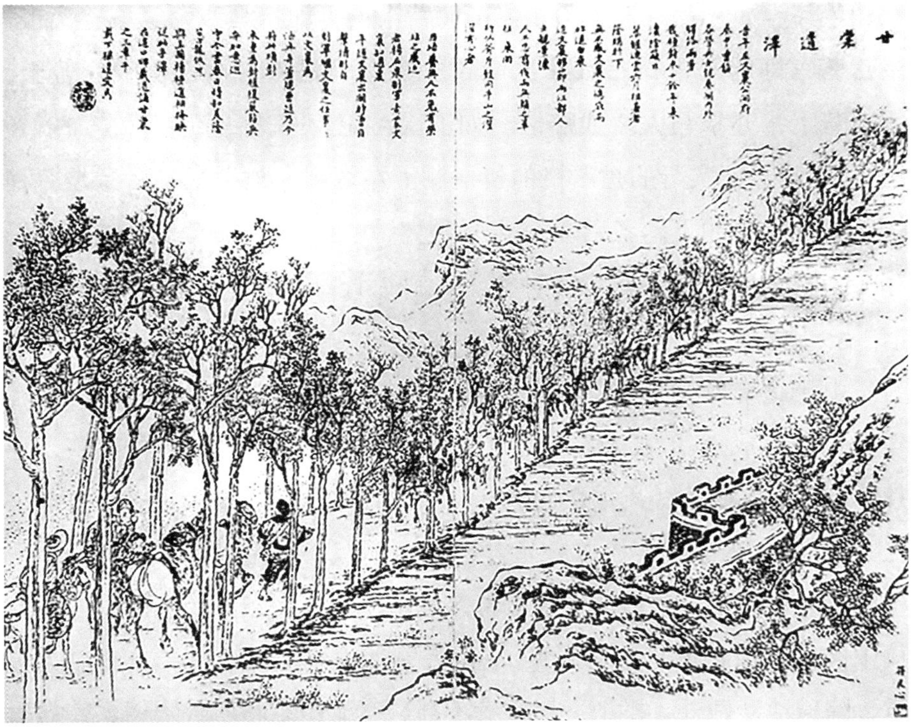

《点石斋画报》中的插图《甘棠遗泽》，图中大路两旁柳树成荫

旁最少栽一行，多至四五行。这是为巩固路基，“限戎马之足”，为路人提供阴凉。左对种树是真有兴趣，真去研究，躬身参与，强力推行。他先选树种，认为西北植树应以杨、榆、柳为主。河西天寒，多种杨；陇东温和多种柳，凡军队扎营之处都要栽树。他还把种树的好处编印成册，广为宣传，又颁布各种规章保护树木。史载左宗棠“严令以种树为急务”，“相檄各防军夹道植树，意为居民取材，用庇行人，以复承平景象”。我特别想找到这个“檄”和“令”，即他下达的栽树命令的原文，史海茫茫，文牍泱泱，可惜没有找到。好在其他奏稿、文告、书信中常有涉及。他的《楚军营制》（楚军即湘军）规定“长夫人等（后勤人员）不得在外砍柴。但（意，只要是）屋边、庙边、祠堂边、坟边、园风竹林及果树，概不准砍”。“马夫宜看守马匹，切不可践食

百姓生芽。如践食百姓生芽，无论何营人见，即将马匹牵至该营禀报，该营营官即将马夫口粮钱拿出四百立赏送马之人，再查明践食若干，值钱若干，亦拿马夫之钱赔偿。如下次再犯将马夫重责二百，加倍处罚。”你看，他实行的是严格的责任制。左每到一地必视察营旁是否种树。在他的带领下，各营军官竞先种树，一时成为风气。现在平凉仍存有一块《威武军各营频年种树记》碑，详细记录了当时各营种树的情景。

由于这样顽强地坚持，左宗棠在取得西北战事胜利的同时，生态建设也卓有成效。左 1866 年 9 月奉调陕甘总督，1867 年 6 月入陕，到 1880 年 12 月奉旨离开，在西北干了十多年。他刚到西北时的情景是“土地芜废，人民稀少，弥望黄沙白骨，不似人间光景”。到他离开时，中国这片最干旱、贫瘠的土地上奇迹般地出现了一条绿色长廊。他在奏稿中向皇上报告返京途中所见，“道旁所种榆柳业已成林，自嘉峪关至省，除碱地沙碛外，拱把之树接续不断。”“兰州东路所种之树，密如木城，行列整齐。”这对夕阳中的大清帝国来说真是难得的欣慰。要知朝中的主流派原是要放弃这块疆土的啊，左宗棠力挽狂澜，一人带梓出关，又排除种种刁难，自筹军费，自募新兵，不但收回了这片失土，而且在向朝廷奉上时还将她绿化打扮一番。曾经的焦土、荒漠，现在绿风荡漾，树城连绵，怎么能不让人高兴呢。左宗棠在西北到底种了多少树，很难有确切的数字。他在光绪六年（1880 年）的奏折中称：只“自陕西长武到甘肃会宁县东门六百里……种活树 264000 多棵。”其中柳湖有 1200 多棵。再加上甘肃其余各州约有 40 万棵，还有在河西走廊和新疆种的树，总数在一二百万棵之多。而当时左指挥的部队大约是 12 万人，合每人种树 10 多棵。中国西北自秦之后至清代共有三条著名的大道。一是秦始皇统一中国后修的弛道；二是唐代的丝绸之路（巧合，丝绸之路在宋元后已经衰落，它的重新发现并命名是 1877 年德国地理学家李希霍芬在其新

上图　作者为平凉柳湖写的《平凉赋》

下图　至今存活于柳湖公园内的左公柳

著《中国—亲身旅行的成果和以之为依据的研究》首次提出，其时左宗棠正埋头在这条古道遗址上修路栽树）；三就是左宗棠开辟的这条“左公绿柳之路”，民国时期和新中国成立的西北公路建设基本上是沿用这个路基。三千里大道，百万棵绿柳，这在荒凉的西北是何等壮观的景色，它注定要成为西北开发史上的丰碑。

左宗棠的绿色情结也还远不只是沿路栽树。他不但要三千里路绿一线，还要让万里河山绿一片。至少还有两点值得一说。

一是种桑养蚕，引进南方的先进耕作。他自言“家世寒素，耕读相承，少小从事农亩，于北农南农诸书性喜研求，躬验而有得。”他考证，西北历史上即有养蚕，《诗经》采桑之咏，说的就是陕西邠州和甘肃泾州的事。他大声疾呼改变当地保守、懒惰的恶习，要养蚕植棉，不要“坐失美利，甘为冻鬼”。又从浙江引来桑苗并工匠 60 人，还亲自在酒泉驻地栽了几百株桑示范。蚕桑随之在西北逐渐推广。“向之衣不蔽体者亦免号寒之苦。”他又严禁烧荒，保护植被，“况冬令严寒，虫类蜷伏，任意焚烧，生机尽矣，是仁人君子所宜为？”左宗棠的远景目标是就地取材，靠养羊、纺毛、种桑、种棉，解决西北的穿衣问题。

二是美化城镇，改善环境。虽战事紧张，左每收复或进驻一地，都要对环境美化，倡导文明生活。他驻兰州后开凿了饮和池、挹清池两个市民饮水工程。听说国外有“公园”，左就将总督府的后花园修治整理，定期向社会开放。光绪五年（1879 年）他第二次驻节肃州时，捐出俸银 200 两，将酒泉疏浚成湖，湖心筑三岛，建楼阁，环湖种花树。左在给友人的信中高兴地说：“白波万叠，沙鸟水禽飞翔游泳水边，亭子上有层楼，下有扁舟。时闻笛声，悠扬断续。”“近城士女及远近数十里间父老幼稚，挈伴载酒往来堤干，恣其游览，连日络绎。”这在荒凉的西北简直就是仙境下凡，可以想见祖辈居住在这里的人们是怎样的惊喜。以至于左怕人们因此忘掉正事，“肆志游冶，或致废业”，不得不将酒泉湖限期开放。左宗棠是在西北建设城市公园的第一人。

兵者，杀气也。向来手握兵权的人多以杀人为功、毁城为乐，项羽烧阿房宫，黄巢烧长安，前朝文明尽毁于一旦。他们能掀起造反的万丈狂澜，却迈不过政权建设这道门槛。只有少数有远见的政治家才会在战火弥漫的同时就播撒建设的种子，随着烟的退去便显出生命的绿色。

春风玉门

在清代以前古人写西北的诗词中最常见的句子是：大漠孤烟、平沙无垠、白骨在野、春风不度等等。左宗棠和他的湘军改写了西北风物志，也改写了西北文学史。三千里大道，数百万棵左公柳及陌上桑、沙中湖、江南景的出现为西北灰黄的天际抹上一笔重重的新绿，也给沉闷枯寂的西北诗坛带来了生机。一时以左公柳为题材的诗歌传唱不休。最流行的一首是一个叫杨昌俊的左宗棠的部下真实地感叹：“大将筹边尚未还，湖湘子弟满天山。新栽杨柳三千里，引得春风渡玉关。”杨并不是诗人，也未见再有其他的诗作行世，但只这一首便足以让他跻身诗坛，流芳百世。自左宗棠之后，在文学作品中，春风终于度过了玉门关。

文学反映现实，生活造就文学，这真是颠扑不破的真理。清代之后，左公柳成了开发西北的标志，也成了历代文人竞相唱和的主题。就是新中国成立后一段时间，史家对左宗棠或贬或缄之时，文人和民间对左公柳的歌颂也从未间断。如果以杨昌俊的诗打头，顺流而下足可以编出一部蔚为壮观的《左公柳诗文集》。这里面不乏名家之作。

1934年春小说家张恨水游西北，是年正遇大旱，无奈之下百姓以柳树皮充饥。张有感写了一首《竹枝词》："大旱要谢左宗棠，种下垂柳绿两行。剥下树皮和草煮，又充饭菜又充汤。"1935年7月名记者范长江到西北采访，左公柳也写入了他的《中国的西北角》："庄浪河东西两岸的冲积平原上杨柳相望，水渠交通……道旁尚间有左宗棠征新疆时所植柳树，古老苍劲，令人对左氏雄才大略不胜其企慕之思。"民国期间，教育部长、诗人罗家伦出国途经西北，见左公柳大为感动，写词一首，经赵元任作曲成为传唱一时的校园歌曲："左公柳拂玉门晓，塞上春光好，天山融雪灌田畴，大漠飞沙旋落照，沙中水草堆，好似仙人岛。过瓜田碧玉丛丛，望马群白浪滔滔。想乘槎张骞，定远班超。汉唐先烈经营早！当年是匈奴右臂，将来更是欧亚孔道。经营趁早，经营趁早！莫让碧眼儿射西域盘雕。"

至于民间传说和一般文人笔下的诗画就更见真情。西北一直有左宗棠杀驴护树的传说。左最恨毁树，严令不许牲口啃食。一次，左军务罢从新疆返回酒泉，发现柳树皮被剥，便微服私访，见农民进城都将驴拴于树上。左大怒，立将驴带回衙门杀掉，并出告示，若有再犯，格杀勿论。甚至还有"斩侄护树"的传说。左去世后不久，当时很有名的《点石斋画报》曾发表一幅《甘棠遗泽》图，再现左公大道的真实情景：山川逶迤，大道向天，绿柳浓荫中行人正在赶路。画上题字曰："种树十余年来，浓阴蔽日，翠幄连云，六月徂暑者，荫赐于下，无不感文襄公（左宗棠身后谥文襄公）之德"，"手泽在途，口碑载道，千年遗爱"。

一个人和他栽的一棵树能经得起民间一百多年的传唱不衰，其中必有道理。文学形象所意象化了的春风实际上就是左公精神。春风何能渡玉门，为有振臂呼风人。左是在政治腐败，国危民穷，环境恶劣的大背景下去西北的。按说他只有平乱之命，并无建设之责。但儒家的担当精神和胸中的才学让他觉得应该为整顿、开发西北尽一点力。左宗棠挟军事胜利之威，掀起了一股新政的狂飙，扫荡着那经年累世的污泥浊水。西北严酷的现实与一个南国饱学的儒生，砥砺出一串精神的火花，闪耀在中国古代史的最后一章之上，绽放出一丝回暖的春意。

左宗棠在西北开创的政治新风有这样几个特点。一是强化国家主权，力主新疆建省。他痛斥朝中那些放弃西北的谬论，“周、秦、汉、唐之盛，奄有西北。及其衰也先捐西北，以保东南，国势渐弱，以底灭亡”。捐出西北，最后必定是国家的灭亡。从汉至清，新疆只设军事机构而无行省郡县。左前后五次上书吁请建省，终得批准，从此西北版图归一统。二是反贪倡廉。清晚期的政治已成糜烂之局，何况西北，鞭长莫及。地方官为所欲为，贪腐成性。他严查了几个地方和军队贪污、吃空额的典型，严立新规。而他自己高风亮节，以身作则，陕甘军费，每年过手1240万两白银，无一毫不清。西北十年，没有安排一个亲朋。有家乡远来投靠者都自费招待，又贴路费送回。光绪五年儿子带四五人从湖南到西北来看他。他训示：“不可沾染官场习气，少爷排场，一切简约为主。署中大厨房，只准改两灶，一煮饭，一熬菜。厨子一、打杂一、水火夫一，此外不宜多用人。尔宜三、八日作诗文，不准在外应酬。”你看，不但戒奢，还要像小学生一样留作业。教子、束亲之严，令我们想起新中国成立初中南海里毛、周的家风。欲要忠先要孝，欲肃政风先严家风。不管哪朝哪代，哪个阶级，一切有为的政治家无不这样。三是惩治不作为。他一针见血地指出“甘肃官场恶习，惟以徇庇弥缝，见好属吏为事，不复以国家民事为念”，“官场控案只讲和息事”，对贪污、失职、营私等事官官相护。里面已经腐烂，外面还在抹稀泥，维护表面的稳定。他最恨那些身居要位怕事、躲事、不干事的懒官、庸官，常驳回其文，令其重办，“如有一字含糊，定惟该道是问！”其严厉作风无人不怕。四是亲民恤下。战乱之后十室九空，左细心安排移民，村庄选址、沿途护送无不想到，又计算到牲畜、种子、口粮。光绪三年大旱，一亩地只值三百文，一个面饼换一个女人。他命在西安开粥厂，路人都可来喝，多时一天七万人。他身为钦差、总督，又年过60，带兵时仍住帐篷。地方官劝他住馆舍，他说“斗帐虽寒，犹愈于士卒之苦也”。五是务实，不喜虚荣。他人还未到兰州，当地乡绅已为他修了一座歌功颂德的生祠，他最看不惯这种拍马屁的作风，立令拆毁。下面凡有送礼一律退回。地方官员或前方将领有写信来问安者，他说百废待举，军务、政务这么忙，哪有时间听这些空话、套话，一律不看。“一切称颂贺候套禀，概置不览，且拉杂烧之。”他又大抓文风，所有公文“毋得照绿营恶习，摭拾浮词……尽可据实直陈，如写家信，不必装点隐饰。”他又兴办实业，引进洋人的技术修桥、开渠、办厂……

中国历史上多是来自北方的入侵，造成北人南渡，无意中将先进文化带到南方。而左宗棠这次是南人北伐，收复失地，主动将先进的江南文化推广到了西北。历来的战争都是一次生态大破坏，而左宗棠这次是未打仗先栽树，烟中植桑棉，惊人地实现了一次与战争同步的生态大修复。恐怕史上也仅此一例。

左宗棠性格决绝，办事认真，绝不做李鸿章那样的裱糊匠，虽不能回天救世，也要救一时、一地之弊。他抬棺西进，收失地，振颓政，救民生，这在晚清的落日残照中，在西北寒冷孤寂的大漠上，真不啻为一阵东来的春风悄然度玉门。而那三千里绿柳正是他春风中飘扬的旗帜。

西学东渐，湘人北上，春风玉门，西北之幸！

柳色长青

柳树是一种易活好栽，适应性很强的树种，但也有一个缺点，不像松柏那样耐年头。我们要找千年的古柏很容易，千年的古柳几不可能，甚至百年以上的也不多见。所以对左公柳的保护、补栽，成了西北人民的一个情节，也是官方的一种责任，历代出台的保护文告接连不断。这一半是为了保护生态，一半是为了延续左公精神。我们现在能看到的最早的保护文件是晚清官府在古驿道旁贴的一张告谕：“昆仑之阴，积雪皑皑，杯酒阳关，马嘶人泣，谁引春风，千里一碧。勿剪勿伐，左公所植。”可以看出，此告谕的重点不在树而在人，是保护树但更看重左公精神的传承。进入民国时期，甘肃省政府两次行文保护左公柳。1935 年的《保护左公柳办法》规定更为详细：一、全省普查编号；二、分段保护，落实到人；三、树如枯死，亦不许伐；四、已砍伐者，按原位补齐；五、树旁不得采掘草土、引火、拴牲口等；六、违规者处以相当的罚金或工役；七、保护不力唯县长是问。现存档案也记录了多起对盗伐事件的处理。1946 年，隆德县建设科长等人借处理枯树，伙同乡里人员盗卖柳树 400 棵，县政府给予处罚后还要求“补植新苗，保护成活，以重先贤遗爱”。并就此对境内的左公柳进行了普查，还剩 3610 棵，都一一编号建档。我们发现在清和民国两代的政府文告中总少不了这样的词汇：左公、先贤、遗爱、遗泽等，要知道这是官方的公文啊，但是仍掩盖不住对左宗棠的尊敬。民国时还将左宗棠修缮过的兰州城门改名“宗棠门”，由省长亲笔题写。在众多研究左宗棠在西北的著作中最权威的一本是 1945 年初版于重庆，后经王震将军提议又在 1984 年重印的《左文襄公在西北》。此书从书名到内文，凡说到左宗棠时概不直呼其名，都是尊称“文襄公”，可见清和民国两代左在人们心目中的地位。只是进入当代后因极左政治影响才有了一个小的反复。但随人们着对生态的再认识，又不觉想起了这位在西北栽树的湖南人。于是我又联想到一个著名的典故。当年左宗棠在湖南初露头角，他恃才傲物得罪了人，有人告了御状，眼看就要掉脑袋。大臣潘祖荫惜才，上书疾呼："天下不可一日无湖南，湖南不可一日无左宗棠。"这一句话救了他的一条命。假使当年左不明不白地死去，哪有新疆的收复、西北的开发？真可是中国不可一日无西北，西北不可一日无左宗棠。左一人而悬湖湘，悬陕、甘、宁、青、疆，悬大清天下。拔危救难，力挽狂澜，这样的名臣史上能有几人？不知为什么，在西北采访，我眼前总是浮现着苍凉的大漠、浩荡的队伍、一具黑色的棺材、须发皆白的左公和伸向天边的绿柳。有哪一个画家能画一张左公西行图，或哪一个导演能拍一部片子，这将是何等地动人。

岁月无情，从1871年左宗棠下令植树到现在已140多年，要想拜谒一下左公亲植的柳树已经是一件很难的事了。档案记载，1935年时的统计，平凉境内的还有左公柳7978棵，而1998年8月出版的《甘肃森林》记载，全省境内的左公柳只剩202棵，其中大部分存于柳湖公园，有187棵（左当年栽了1200棵）。看来我十年间两到柳湖还是来对了，这里确是左公遗泽最多处。但1998年到如今又过了15年啊，斗转星移，大树飘零，左公柳还在锐减。那天，我到柳湖去，想穿越时空一会左公的音容。只见湖边星星点点，隔不远处就会现出几株古柳，躯干总是昂然向上的，但树身实在是老了，表皮皴裂着满是纵横的纹路，如布满山川戈壁的西北地图；齐腰处敞开黑黑的树洞，像是在撕胸裂肺地呼喊；而它的根，有的悄无声地抓地入土，吸吮着岸边的湖水，有的则青筋暴突抱定青石，如西北风霜中老人的手臂。但不管哪一棵，则一律于枝端发出翠绿的新枝，密浓如发，披拂若裾，在秋日的暖阳中绽出恬静的微笑。柳湖公园正在扩建，岸边补栽的新柳柔枝嫩叶随风摇曳，如儿孙绕膝。而在柳湖之外，已是绿满西北，绿满天涯了。我以手抚树，读着左公柳这本岁月的天书，端详着这座生命的雕塑。古往今来于战火中不忘栽树且卓有建树的将军恐怕只有左宗棠一人了。

作者手绘沈公榕

榕　树

乔木科

榕树生长于热带、亚热带，树形特别庞大。榕树高达15–25米，胸径达50厘米，冠幅广展；老树常有锈褐色气根。树皮深灰色。叶薄革质，狭椭圆形，表面深绿色，有光泽，全缘。榕果成对腋生或生于已落叶枝叶腋，成熟时黄或微红色，扁球形，基生苞片3，广卵形，宿存；雄花、雌花、瘿花同生于一榕果内，花间有少许短刚毛；花被片3，广卵形，花柱近侧生，柱头短，棒形。瘦果卵圆形。花期5–6月。

采访时间：2016年12月19日至21日

采访地点：福建马尾

沈公榕，眺望大海 150 年

世人多知左公柳，而很少有人知道“沈公榕”。

历史竟是这样的浪漫。在祖国的西北大漠和东南沿海，各用两棵树来标志中国近代史的进程。左公柳见证了新疆的收复，沈公榕却见证了中国近代海军的诞生。

一、栽树明志，从一篑之土筑新基

2016 与 2017 年的岁尾年初，“辽宁”舰穿过宫古海峡进入西太平洋。中国航母编队的首次远航，虽然刚跨过第一个年头，而中国海军却已整整走过了 150 年。150 年了，中国海军才迈出家门口走向深蓝。这个时刻我们不应该忘记一个人。

150 年前的 12 月 23 日，福州马尾船厂破土动工，中国人要建造军舰。近日，马尾船厂正在筹备大庆，有一个熟人知道我在全国到处找有人文价值的古树，就来电话说：“马尾有船政大臣沈葆桢手植的一棵古榕树，见证了中国海军史，你不来看一看？而且，船厂马上要乔迁新址。将来这树被丢那里，还不知会是什么样子。”我连忙于 19 日赶到马尾。

马尾船厂是 1866 年 12 月开工的。当时请法国人日意格任总监督，一切管理遵从法式。我走在旧厂的大院里，像是回到了 19 世纪的法国。西边是一座法式的红砖办公楼和一个现存的中国最古老的车间——船政轮机厂；南边是当年的“绘事院”，即绘图设计室；东边是一座五层的尖顶法式钟楼。当年拖着长辫子的中国员工，就是在这钟声中上下班的。他们好奇地听金发碧眼、高鼻梁的洋师傅讲蒸汽原理，学车、铆、电焊。我要找的沈公榕就在钟楼的侧前方。150年了，它已是一棵参天巨木，浓荫覆地，大约有多半个篮球场那么大，郁郁乎如一座绿城。树根处立有一块石头，被绿苔紧紧包裹。我贴近树身，蹲下身子，用一根细树枝一点一点地小心清理，渐渐露出了“沈公榕”三个大字。这榕一出土就分为三股，现已各有牛腰之粗。一枝向左，浓荫遮住了厂区的大路；一枝向后，如一扇大屏风贴在一座四层小楼上；还有一枝往右探向钟楼。可是，正当它伸到一半时却在空中齐齐折断，突兀地停在半空，枝上垂挂的气根随风舞动，像是一个长须老人在与钟楼隔空呼唤。我一时被这个场面惊呆，有一种莫名的惆怅，静静地仰望着这150年前的历史天空。

别看我现在脚下的这一小块土地，它是中国近代最早的舰船基地，中国制造业的发端处，中国飞机制造的发祥地，中国海军的摇篮，中国近代教育的第一个学堂，中西文化大交流的第一个平台。学者研究，这里竟创造了十多个中国第一。现在我们来凭吊它，就只有这几座红砖房子、一座钟楼和一棵古榕了。

鸦片战争后，清帝国被列强敲开了国门，国势日弱。老祖宗传下来的大刀长矛，在洋枪、洋炮面前是那样的无奈。镇压太平军起家的湘军名将彭玉璘，看到江面上飞驰的洋人炮艇，被惊得目瞪口呆，大呼：“将来亡我者洋人也。”说罢口吐鲜血而死。洋务派深切地感到必须学习西方先进技术，“师夷制夷”。

1866年6月左宗棠上书，请在福建马尾开办船厂，立被批准。但10月西北烽烟突起，左宗棠被任为陕甘总督，西去平定叛乱，收复新疆。他不放心刚起步的船政大事，遍选接替之人，最后力保时任江西巡抚，正因母丧在福州家中守孝的沈葆桢出任船政大臣。历史有时是这样的匆忙。沈守孝在家，被逼上任，而当大任。当年曾国藩也是守孝在家，太平军起，政府命他就地组建湘军，而成为晚清名臣。天将降大任于斯人也，与你没商量。

沈葆桢是林则徐的女婿。从小受过严格的儒家思想教育，忠君报国，一身正气。但他也看到了世界潮流，力主“师夷制夷”，变革图强。在晚清睁眼看世界的先进分子中，他是晚于林则徐、魏源；早于康有为、梁启超的过渡人物。当时政局，一团乱麻。帝国主义势力插手中国，多国角逐；朝野保守与开放的思想激烈冲突。经镇压太平军、捻军而兴起的湘军、淮军等地方实力派，各封疆大吏互相掣肘。在这一团乱麻中要理出个头绪，师夷制夷，造船强军，谈何容易。况且在家乡事，关系更复杂。本来，沈葆桢是不想接这个摊子的，但左宗棠三顾茅庐力请出山，并亲自为他配好各种助手，请“红顶商人”胡雪岩帮他筹钱，又一再上书朝廷，催其就职。忠孝不能两全，孝期未满的沈葆桢就走马上任了。

马尾，地处闽江入海口。形同马的尾巴，地低而土软，要建厂就得清理地基，类似现在的“三通一平”。他们先打入5000根木桩，加固岸基，填高近两米的土层，然后遍植榕树以固定厂房、船坞的周边。沈葆桢带头栽下了第一棵榕树，然后挥笔写下一付对联，悬于船政衙门的大柱上：

以一篑为始基，自古天下无难事

致九译之新法，于今中国有圣人

他要引进新法，以精卫精神，一筐一筐地填海筑基，开创近代中国的造船大业，不信事情办不成。

二、“权自我操”，逆流而上，沈葆桢快刀斩乱麻

沈葆桢坐在船政衙门的大堂上，看着外面熙熙攘攘的工地，堆积如山的物资，特别是门外榕树上那些七长八短、随风舞动的气根，心乱如麻。

“船政”是一个洋务新词。是指海防及与船舰有关的一切事务，包括建厂、造船、办船校、买船，延请外国专家，制定相关政策，办理对外交涉等等。总之，都是过去没有过的新事，所以专设一个“船政衙门”，直属中央。类似我们改革开放初的“改革办”、“特区办”。

1866年的世界，西方工业革命已经走过了100年。西班牙、荷兰、英国、法国都有了横行世界的蒸汽机舰队。而中国还在海上摇橹划桨或借风行船。思想开放的左宗棠，曾在杭州西湖里仿造了一条小洋船，但行之无力。遂决定引进洋技师、洋工匠开船厂、办船校。

新事物一开始就遇到保守势力的顽强阻挠。还没有造船，就先是一场思想大论战，这很有点像中国改革开放初的“真理大讨论”。许多朝中和地方的大员说，只要“以忠信为甲胄，礼义为干橹”就能战无不胜，“何必师事夷人”。左宗棠痛斥这帮迂腐之臣，他上书说：“臣愚以为，欲防海之害而收其利，非整理水师不可。泰西巧，而中国不必安于拙也；泰西有，而中国不能傲以无也。”“安于拙、傲以无”，左宗棠尖刻地画出了保守的当权者的嘴脸。

当时的福建地方官吴棠愚顽不化，沈葆桢来马尾办船政，他在经费、人力、材料、土地等方面，事事发难，处处拆台，几乎是“逢沈必反”。此人有一个特殊的背景。他早先在苏北运河边任一小知县。某日，一位曾有恩于他的官员扶柩南下，停于河上。吴遣差人送去银子三百两。正巧，有一位在旗少女扶父亲的灵柩北上，也停于河边。阴差阳错，差人将银子误投到旗女的船上。吴明知投错，也不好追回。

谁知，这位少女就是后来的慈禧太后。天上掉馅饼，吴后半生有了一个大靠山，不断被提拔，处处受保护。现在他与沈不合，上面虽知船政重要，但总是和稀泥，劝沈与他和忠共济。有时一个重大历史的结点，就“结”在一个人身上，一个人可以绑架历史，影响国运。沈愤怒地上书：“船政之事，非诸臣之事，国家之事也”“非不知和忠共济”，而“大局攸关，安忍、顾虑、瞻徇，负朝廷委任”。表示“惟有毁誉听之人，祸福听之天，竭尽愚诚。”

他是本地人，工厂一开工，亲朋故旧都上门来找饭碗。他平生最恨劣幕奸胥，裙带相缠。为洗刷旧衙陈腐之风，他以法治厂，半军事化管理，甚至不惜开杀戒。一官员买铜不报，他批“阻挠国是，侮慢大臣”，就地立斩。他有一姻亲，触犯厂规，批军法从事，杀！布政使知是沈家亲戚，请求缓办，他坚持立即开堂问审。这时他父亲送来一信。他知必是求情，便说：“家父的信是私事，等我办完公事再拆不迟。”喝令立斩。然后拆阅，果然是求情信，但已无用。一些劣绅还借助迷信煽动地痞与不明真相的群众闹事，阻挠开工。他一边做说服工作，一边捕杀两个为首之徒，事态当即平息。

开山用大斧，乱世用重典。向来成大事者必用铁手腕。沈葆桢、左宗棠、李鸿章、曾国藩，这一帮晚清名臣，本都是手无缚鸡之力的读书人，但他们都遇事不乱，刚毅过人，竟也杀人如麻。曾国藩的外号就是“曾剃头”。晚清的回光返照，全赖他们支撑。马尾船厂，这个中国近代工业的序幕，终于经沈葆桢的铁手腕轻轻拉开。

办洋务，最难把握的是与洋人的关系。沈的原则是：“优赏洋员，权自我操”。经济上给予高酬重奖，政治上一寸不让。船政是个复杂的联合体，其所属的工厂、学校、设计、绘图、管理等部门，经常保持有洋人技师、领班、教师、工匠、翻译、医生等六七十人。所以，船政衙门，也可以说是中国最早的“外国专家局”。沈给他们高薪。十年下来，雇用洋人共用银93万两，占船厂支出的18%。法国人日意格为总监督，从头到尾参与了船政活动，尽职尽责，起了极大的作用。沈给他月薪1000两，而他自己的月薪才600两。洋技师月薪200至于250两，而中国工人的月工资最低4两，最高21两。这样的高薪买技术，沈认为值得。

但是在管理权上，沈葆桢绝不松手。当时清政府与列强定有屈辱的领事公约，通商中凡涉洋人之事由领事馆裁决，所谓“领事裁判权”。福州不是通商口岸，也未设领事馆。但法国驻宁波的领事却老远跑到福州来干涉船政。沈义正词严地说：“根据万国外交惯例，领事是为通商而设。船厂非商务机构，与贵领事何干？”左宗棠还逼法外交部正式表态，再不干预中国的船政。

沈与洋人订有严格、细密的合同。最终目标是对方必须教会中国人自主造船。前三年，洋人手把手地教；后两年只在一旁指导，让中国工人自己动手干。直到造出船，又能驾船出海，这样才算履行了合同，可兑现薪酬。对不遵厂规，不听指挥，不尽职守者开除、解聘。1869年，新造的第一艘轮船下水。总监工达士博要求用洋人引港。沈说，在中国的闽江口试航，我们熟悉水道，为什么一定要用洋人？不能开此先例。博以总监工身份相要挟，不答应就不上船，还煽动工人怠工。沈再三相劝，并因之推迟试航日期。博仍不让步。沈当即将其开除。而对尽职尽责的总监督日意格，沈除给予他重奖外，还奏请朝廷赏加提督衔并顶戴花翎，这是洋人在华获得的最高荣誉。正是有了高薪和沈的灵活把握，总体上中外合作是愉快的。

那天采访船政旧址时，我意外地碰到一个正在为日意格筹备的个人回顾展。这是船政纪念活动的一部分。一位法国友人提供了他在华工作时的100多幅照片，还有他在法国工程师协会介绍中国船政的一个法文讲稿。这是一批极珍贵的航政资料。日意格是这样来评价他的两个中国合作者的。关于左宗棠，他说："因循守旧的北京政府，仅知道满足于在别人呈递的奏折上批文签字。左宗棠不得不为此计划独自担负全责。此项创举若是失败，他在中国官僚机构中所能达到的最为辉煌的职业生涯将毁于一旦。左宗棠决心无论如何要孤注一掷了，他不再听任其他官员对他将要进行的大业指手画脚，他的眼中只有一件事，就是迅速地将中国推上发展道路。他知道要迈出这至关重要的第一步需要有人勇挑重担。我真希望手边拥有这份左宗棠呈送皇帝的理由充分、勇气十足的奏折，你们若是读了这份奏折，一定会惊叹于他的观点。你们将会看到这些通常被我们认为滑稽可笑的人，品德是多么高尚，见识是多么深远。"他评价沈葆桢："中国政府特派一名钦差大臣来到此地担任总理船政大臣。这位官员名字叫沈葆桢，是一位出类拔萃、精明强干、意志坚定、善于指挥的将才。"

到 1874 年福州船政共完成 15 艘轮船，包括 11 艘军舰。左宗棠的计划，在沈葆桢手上已全部实现。近代中国的造船工业挤入了世界十强，技术水平与西方国家已相当接近。最大的"扬武"号已相当于国际上的二等巡洋舰。

三、洋为中用，落地生根，开放接纳促变革

沈葆桢栽榕时，也许没有想到他的洋务事业如这榕树一样，枝垂气根，根又生树，蔚然成林。

榕树生长于热带、亚热带，树形特别庞大。它有一个特殊功能，就是可以从枝上垂下细如毛发的丝绦，密密麻麻如帘如幕。当这细丝飘在空中时有如一团乱麻，随风来去，看不出有什么用途。但是，它有点像希腊神话里的安泰。只要柔软的须尖一接到地面，就见土生根，

再难撼动，根又成树，树又吐根。就这样连绵不断地延展开去，一树成林。国内最大的榕树家族有梁启超的家乡，广东新会县的“小鸟天堂”，一树成林占地六亩。我见过海南岛昌江县的一棵榕树成林，占地竟达九亩。福建是盛产榕树的地方，福州就简称榕城。马尾建厂之时，沈葆桢带头植榕，一时闽江口内外郁郁葱葱，蔚为壮观。每当沈葆桢坐在船政衙门大堂上办公，看着窗外日渐繁茂，已覆盖了山脚海滩的榕树林时，特别是那些气根落地又生出的第二代、第三代榕树时，心里就有了一些宽慰。

办厂之初，最缺的是人才。中国从汉到清独尊儒学，以文章选人立国。好的一面是礼义廉耻，修炼人的品德；琴棋书画，修养人的心性。不好的一面是重文，轻工、轻商，更不研究自然之理。在唯心和自我陶醉中生活，个人自我感觉顶天立地，国家自封为天朝，闭关锁国。1866 年左宗棠上书办船厂，其时上溯 200 年，即 1666 年，牛顿已经发现万有引力，而中国却还没有物理学这个词；上溯 100 年，1765 年瓦特已发明了蒸汽机，而中国的主要动力还是人力、畜力。在中国的教育体系里只有文科，没有工科。知识体系里只有经、史、子、集，没有自然科学知识。明代刘伯温有一句名言，“半部论语治天下”，论语里只有礼义廉耻，而没有物理化学。“安于拙、傲以无”，盲人骑瞎马，在用人类的一半知识来治国。这怎么能立于世界民族之林呢？

在这种教育和选官体制中，左宗棠屡试不第，他就愤而不再应试，在家里自学农桑、水利、地理等有用之学。沈葆桢倒是按科举制度中了进士，点了翰林，走入仕途。但是他一与西方人打交道，发现自己简直就是一个文盲。他痛感一个国家的落后是文化落后，人才落后。现在要造船，牵一发而动全身、动全国，动了老祖宗。首先动到了中国的教育体系。千百年来科举制培养的秀才、举人、进士，一个也用不上。他们决定边办船厂，边办学校。从西方引进造船业像栽下了一棵大榕树，但这树如果只有树干，而没有“气根”，永远只是一棵树，不能繁衍，不能成林。左宗棠上书说，花上几百万两银子，只造出十几条船，这不是目的。最终是要培养出自己的人才，能造船，会开船。他请办一座“求是堂艺局”，他要让洋人给他下仔。一听这个学校的名字就很有意思。既不是传统的“书院”，也不是后来叫的“学堂”、“大学”。而取名“局”，在“局”中求自然之“是”（规律），学习具体的技艺。“艺”是从传统的六艺而来，中国还没有“技术”这个词汇。它生动地反映了中国教育机构的进化过程。就像一条进化中的美人鱼，已有人头，却还留着鱼身。

沈葆桢决心要在洋务这棵大榕树上多生一下点气根，接入中国的土壤，完成由洋到土的转化。船厂一开办，他就同时办了两所学堂：前学堂与后学堂。前学堂用法文授课，教造船，培养技工；后学堂用英文授课，教驾船，培养海员。沈亲自出题，招考最优秀的学生。学校实行最严格的“宽进严出”制度。每两个月考试一次，依考分划为三等。一等赏银十元。如三次一等，另赏衣料；如三次三等则除名。开办之初共收生 300 余人，只有一多半的人读到了毕业。现在看当时的办学章程，实为在中国近代教育史上打下的第一根界桩，兹录如下：

《求是堂艺局章程》

第一条　各子弟到局学习后，每逢端午、中秋给假三日，度岁时于封印日回家，开印日到局。凡遇外国礼拜日，亦下给假。每日晨起、夜眠，听教习、洋员训课，不准在外嬉游，致荒学业；不准侮慢教师，欺凌同学。

第二条　各子弟到局后，饮食及患病医药之费，均由局中给发。患病较重者，监督验其病果沉重，送回本家调理，病痊后即行销假。

第三条　各子弟饮食既由艺局供给，仍每名月给银四两，俾赡其家，以昭体恤。

第四条　开艺局之日起，每三个月考试一次，由教习洋员分别等第。其学有进境考列一等者，赏洋银十元，二等者无赏无罚，三等者记惰一次，两次连考三等者戒责，三次连考三等者斥出。其三次连考一等者，于照章奖赏外，另赏衣料，以示鼓舞。

第五条　子弟入局肄习，总以五年为限。于入局时，取具其父兄及本人甘结，限内不得告请长假，下得改习别业，以取专精。

第六条　艺局内宜拣派明干正绅，常川住局，稽察师徒勤惰，亦便剽学艺事，以扩见闻。其委绅等应由总理船政大臣遴选给委。

第七条　各子弟学成后，准以水师员弁擢用。惟学习监工、船主等事，非资性颖敏人不能。其有由文职、文生入局者，亦未便概保武职，应准照军功人员例议奖。

第八条　各子弟之学成监造者，学成船主者，即令作监工、作船主，每月薪水照外国监工、船主薪银数发给，仍特加优擢，以奖异能。

沈葆桢是为了造船才同时培养人才的，无意中他成了中国工科教育和职业教育第一人。中国的第一所工业专科学校，也是中国的第一所职业教育学校诞生了，这是一个伟大的创举，一块历史的里程碑。

过去儒家教育强调义理一面，遇强敌入侵幻想“忠信为甲胄”，这种唯心论有如义和团“刀枪不入”的魔咒。结果无论疆土还是肉体都被洋炮炸得粉碎。可见唯心论是因为不明自然科学。沈开办船政学堂之初，中国的孩子还没有一点科学基础。他只能选品德好，性聪明的少年重新打造。他先以儒家观点考其品学，为首期考生出的题目是“大孝终生慕父母”，考得第一名的是后来的大思想家严复。但学生一入学，就再不要这块敲门砖，金蝉脱壳，甩掉“子乎者也”，立即钻进科技书堆中。沈自己也恶补科学。学堂开的课有代数、几何、物理、微积分、机械，还有船体和蒸汽机制造两门实习课。他又选15至18岁，力大、聪明的孩子办了一个“艺徒班”，这是中国最早的技工学校。他又发现，只跟着师傅照葫芦画瓢学造船还不行。还要能自己画图设计，于是又开设了“绘事院”，这又是中国最早的工业设计院。总之，沈葆桢借船政，牵一发而动全身，牵出了近代教育，催生了近代先进思想和科学技术人才，牵动了历史。这也是他始料不及的。

中国的文化人大致有五个阶段。一是古代传统文化人物，读经书，过科举，守儒教；二是近代文化人物，虽出身科举，但开始吸收西学，从张之洞到梁启超；三是现代文化人物，上过私塾，但已废科举，后又上了西式新学堂，如鲁迅、胡适；四是有旧学底子，后又接受马克思主义，如陈独秀、毛泽东；五是当代文化人，在新中国成长起来，先接受马克思主义教育，改革开放后又再次学习西方文化。在这个文化传承的链条中，船政学校正当古代文化到近代文化的过渡，是第一类文化人向第二类文化人的桥梁，是一次文化大变革。它培养的人才，填补了从旧式经学到新式实用科技的空缺。而且他们在接触西方科技的同时，又必然接触西方的思想文化。于是这批人又成了东西方文化的桥梁。他们中间出了翻译《天演论》的严复，翻译《茶花女》的林纾，修了中国第一条铁路的詹天佑。而船校几乎培养了中国海军的全部骨干。

1871年，30余名船校学生，驾船进行了第一次航海训练。南至新加坡，北至辽东湾，这是中国近代海军的第一次远航。而在20多年后的甲午海战中，中方参战的12艘舰的舰长（管带）14人，有10人是马尾船校第一期的同班同学。其中四人阵亡，三人战败后愤而自杀。美籍历史学家唐德刚在《晚清七十年》一书中说，这是“一校一级之生而对一国”之大战。辛亥革命后，大总统孙中山即到马尾视察，他说：“到马江船政局，乃知从前缔造之艰，经营之善，成船之多，足为海军之根基”。民国时期的海军军官，绝大多数都是马尾船校出身。新中国成立前夕，张爱萍受命初创海军，他一个一个上门拜访的海军宿将，还是马尾旧人。1949 年 8 月 28 日，毛泽东接见国民党海军起义将领时说：“1866 年马尾船政学堂开办起来，中国算是有了近代海军 、现代海军。”民国海军部长萨镇冰活了 95 岁，见证了三个时代的海军事业。

在马尾闽江口，沈葆桢亲手栽下的这棵巨榕，绵延海疆八千里，荫蔽华夏百余年。要论其大，远超新会和海南的大榕。沈公榕的生命力极强。我们在老厂区采访时，随便在办公楼的走廊上、窗户下，都能看到墙缝里钻出的榕树苗。而院子里，更是大榕蔽日。福州身为榕城以榕树为骄傲，现从马江口到罗星塔顶，建成了一座大型榕树公园。满山的榕树攀山附石，层层叠叠，绿云压城。气根从天而降，密如天幕，有的竟穿透石块，石上生根，直如弦，挺如柱。它们都是沈公榕的后代。而路旁、草地上的树下，因地取势，遍立了严复、詹天佑、林纾、邓世昌等几十个船政人物的雕像，他们都是沈葆桢的学生。都或坐或立，仰望大海，还在关心着中国的海疆，中国的命运。

四、最遗憾，未能狠揍日人一棒，历史随成糜烂之局 100 年

正当沈葆桢全力以赴造船强军，冀为病弱的大清帝国快快生肌长肉、补气壮骨之时，列强也加快了对中国的挑衅蚕食。

与马尾一水之隔的台湾，历经荷兰人侵占，郑成功收复，后又回归祖国。岛上只有薄弱的清兵守备，管理松散。日本早就对台湾垂涎三尺。日本是一个岛国，其传统文化中的海盗基因、扩张本性难改。无时不在寻机挑衅，总想咬邻居一口。

1871年冬，时属中国藩国的琉球派69人往广东中山府纳贡。返途遇风暴漂至台湾，淹死3人。余66人误入当地高山族的一支“牡丹社”住地。时高山族还未开化，有杀人取头之习，多者愈受尊敬，推为酋长。又有54人被追杀。余12人被知县保护，送至省城福州。修养一段时间后，送回琉球。此事与日本毫无干系。1873年日派员到华交换通商条约。借机质询两年前的杀人之事。中方答：“台、琉二岛皆属我土。杀人之事，裁决在我，与贵国何干？”但日人已铁心要侵台，继续在做文章。1874年3月，日照会清政府：“前年冬，我国人漂流其地，被杀戮者数十名，我政府将出师问罪。”这种强找借口，占你一地，甚至灭你一国，向来是帝国主义的本性。就像一条狼对一只羊说：“你的邻居吃了我窝边的一棵草，所以我要吃掉你。”即使没有借口，它也可以随便制造一个。1937年的卢沟桥事件，就是日军假说他在训练中走失一个士兵，要强入宛平城寻人。接着就开枪开炮，占北京，占华北。

1874年4月，日本判断清政府不敢抵抗，正式宣布组织远征军侵台。5月17日军3500人在台湾南部登陆。清政府反应迟钝，到5月底才连忙下旨“沈葆桢著授为钦差，办理台湾等处海防兼理各国事务大臣。”沈接任后提出，一边办外交，以理屈敌；一边“储利器”积极战备。要求速购两艘铁甲舰，并召回马尾船厂经年所造的，已在天津、山东、浙江、广东等沿海服役的各舰备用。又建议速铺厦门到台湾的海底电缆，以通军情。他摆出决战之势，以震慑日本之野心。随后沈于6月19日到达台湾，坐镇指挥。而这时日军已控制了台南的地盘。

所到之处一如后来侵华时的三光政策，到处奸淫烧杀。日人之本性原本如此，国策以侵略为本，治军以兽性为纲，育人用武士道精神。我高山族同胞一面以原始刀矛奋起抵抗，一面请求沈葆桢保护，愿协同官军一致抗日。

沈一面备战，一面抚民、修路、练兵。“结民心，通番情，审地利”，“全台屹著长城”。他始终以软硬两手对敌。先派人谈判，以理屈兵。他在照会中说：“琉球虽弱，亦俨然一国，尽可自鸣不平”，“即贵国专意恤怜，亦可照会总理衙门商办”为何要出兵？再说，当时只“牡丹社”一社杀人，而今天日军报复，却在整个台湾南部杀人掠土，波及无辜。严正声明“无论中国版图，尺寸不敢与人”，并指出你军后勤补给已出现困难，粮运已为我控制，就不想想后路？“本大臣心有所危，何敢不开诚布公，以效愚者之一得”，我真替你捏一把汗呀。这义正词严，软中带硬的照会，使敌一时不敢妄动。

他深知日本人是在讹诈，一再吁请朝廷切不可退让。他说：

> 倭奴虽有悔心，然窥我军械之不精，营头之不厚，贪赀之心，积久难消。退后不甘，因求贴费，贴费不允，必求通商。此皆不可开之端，且有不可胜穷之弊。非益严儆备，断难望转圜。

他积极调兵，又请日意格雇来洋匠在台湾安平修筑了巨大炮台，基隆、澎湖等地也加筑炮台。马尾船厂这几年建造的“扬武”“飞云”“万年清”等十多艘兵舰全部调来台海。又请日意格出面租借外轮，从大陆运来当时中国最精锐的陆军—淮军。清军渐成绝对优势。而这时日军后勤补给困难，师老兵疲，士兵思乡厌战。到七月疾病开始流行，每天运来之兵不抵送回之病号。侵台高峰时士兵、民夫4600

人，病死者达 560 人。随着时间的推移，对日方愈加不利。沈又托日意格物色到一艘丹麦铁甲船，并交了定金，清军更如虎添翼。

当时中日的军力对比，日并不比我强多少。日本是 1867 年开始明治维新的，到 1877 年内战结束，前后十年才正式完成。它也曾经历了闭关锁国，被西方欺侮，订立不平等条约等和中国一样的过程。而这十年也正是中国觉醒，大办洋务自强的十年。历史巧合，1867 年日本颁布维新令，这年中国马尾船厂开工、洋学堂开学。中日两国同时睁开眼向西方学习，在图强路上赛跑。但是，双方文化背景不同，一个是谦谦君子 ，学习是为了自卫；一个是海盗本性，学习是为了扩张。而明治维新除了发展工业外，在体制上还埋下了天皇制和军国主义的种子。李鸿章评价日人“其外貌恭谨，性情狙诈深险，变幻百端，与西洋迥异”，“日人情同无赖，武勇自矜，深知中国虚实，乃敢下此险著”。日本看准了中国官场的腐败、偷安、避战，如狼伺羊，不咬一口，总觉吃亏。

这时候沈葆桢的头脑最清醒。他认为，最好的办法是当其未成气候之时，猛击一棒，打断脊梁，灭其野心，一除后患。他的计划是，在台湾一举歼灭侵台日军，然后我舰队在琉球登陆，挥师长畸港，聚歼鹿儿岛舰队，迫敌订城下之盟。一战慑敌，使之数十年之内再不敢妄动。自古凡有战事，总会有投降派跳了出来，这时“各路劝勿开仗之信，纷至沓来”。沈一边应付日本人的侵略，一边还得应付国内投降派的掣肘。枪杆子、笔杆子，他一手提枪对日备战，一手握笔与投降派论战。他说“倭备日顿，倭情渐怯”，“倭营貌为整暇，实有不可终日之势”，“虽勉强支持，决不能持久也”，“若欲速了而迁就之，恐愈迁就，愈葛藤矣”。“臣等汲汲于备战，非为台湾一战计，实为海疆全局计。愿国家勿惜目前之巨费，以杜后患于未形。”否则“急欲销兵，转成滋蔓”。正当沈葆桢秣马厉兵，要直捣黄龙之时，北京传来议和消息。清政府赔银50万两，换取日本撤兵。侵略者未得到惩罚，志得意满，体面收兵。

从1866年沈葆桢接手办船政，到1874年10月日侵台罢兵。八年间，沈从无到有，打造了一支中国海军，在当时的世界上已进入十强之列。正因为有了这支海军，才镇住了日本的侵台野心。但正当他要挥起这把利剑，剁敌魔爪时，清政府议和了。1875年7月他遗憾地从台湾返回。

八年洋务，八年蓄势。功亏一篑，一朝放弃。臣子恨，恨难平。

沈葆桢郁郁不乐，回到了他的马尾船政衙门，猛抬头看到了柱子上手书的对联：

以一篑为始基，自古天下无难事
致九译之新法，于今中国有圣人

新法已学到手，圣人却寸步难行。没有技术不行，只靠技术，政治不强也不行。日本是一个搬不走的坏邻居，中国失去了一次震慑恶邻的机会。而从此，日本渐渐坐大，野心更加膨胀，日后给中华民族造成的麻烦，如沈所言“愈迁就，愈葛藤”、“急欲销兵，转成滋蔓”，一直葛藤不断，滋蔓了一百年。先是20年后，1894年的甲午海战，中国大败。日本不忘在台败于沈的旧恨，立逼清政府割让台湾。1931年日又发动“九一八事变”，侵占了大半个中国，我艰苦抗战14年，牺牲军民3000万。至今日还在东海寻衅、南湾挑事，一如当年。这国际关系就和人与人一样，你一回示软，人家欺侮你100年。

五、壮士断臂，华丽转身求再生

现在我们再回到文章的开头，当年马尾厂区的那棵老榕树，横空断枝，留下了一个秃兀的树身。这断下的一枝哪里去了？

老榕断枝，是马尾厂史上的一件奇事、大事。

到了本世纪初，马尾船厂早已不是150年前跟着洋人学造船，而已是订单遍五洲，洋人来上门来买大船了。船厂已扩大成集团公司，老厂区再装不下这个大摊子。近年来，他们在海边选址，建起了更大的船坞、码头和办公楼，只等150年庆典一过就搬新家。搬厂房、搬船坞、搬设备，这些都好说。就连那个法式的老钟楼，也都已按原样在新厂区复建了一座。但是，那棵巨大的沈公榕怎么办？它连着马尾人的心，难割舍，却移不走。

还有一年了，搬家工作开始倒计时。正当大家苦无良策，一筹莫展之时，七月的一个晚上雷声大作，风狂雨骤。一道闪电划破夜空，轰隆一声，有如陨石落地，震得厂区都轻轻一动。第二天起来一看，沈公榕之一枝齐齐地断裂于地，青枝绿叶，团团气根，整整盖满了半个院子。而树梢在地上伸展开去，直抚着老钟楼的墙根。雨停了，榕树的叶片被洗得洁净油绿，在橘红色的晨辉中愈发光彩照人。平时如一团乱麻的气根，也被雨水漂洗得干干净净，梳理得齐齐整整，就像船甲板上一盘备用的新缆绳。正是上班时分，人愈聚愈多，大家围过来看着断枝，都不说话，像是在肃穆地行着注目礼。谁都知道沈公榕是马尾厂的魂。当此船厂更新换代之际，老榕有灵，高呼出门。壮士断臂，要华丽转身！

这意外的事件倒给厂领导带来了灵感，虽说榕树靠气根繁殖，我们能不能试一试整枝栽培呢。他们请来园林专家，把这枝合抱粗的断榕小心清理，扶上卡车，护送到新区，一年后居然成活。为我们纪念沈葆桢留下了一件活着的念想之物。

沈葆桢是一位很低调的人物，他的历史贡献与他的知名度很不相称。他从左宗棠手中接办航政，晚年又与李鸿章分管南北洋海军，为朝廷重臣。他一生不忘强军固海，1879年在生命垂危之时，仍口授奏折，要朝廷加强海军，警惕日本，报此旧恨。“倭人夷我属国，虎视眈眈，凡有血气者，咸思灭此朝食。”“臣每饭不忘者，在购买铁甲船一事……，倭人万不可轻视。……倘船械未备，兵势一交，必成不可收拾之势。”可惜天不假命，他只活了60岁。灭倭而后朝食的壮志未能实现。

沈葆桢是林则徐的外甥兼女婿，很得林的家风。“苟利国家生死以，岂因祸福避趋之”，他只求报国，不求闻达，一生清贫。甚至在世时身为高官，常要借债度日。临终也没有给孩子留下一间房、一亩地，反而留下一份这样的遗嘱：“身后，如行状、年谱、墓志铭、神道碑之类，切勿举办。”有点鲁迅说的只求速朽。他本人的著作也不多。只是随着时间的推移，中国海军和造船事业的发展，及国际形势似曾相识似的循环归来，人们才又想起这位开拓者、预言者，近年才有了些对他的研究。

12月20日，在150年庆典的前三日，我来到马尾船厂新区。沿海边的几个大型船坞里停着十几层楼高的在建大船。岸上滑动的巨型龙门吊，就像一道移动的彩虹。李厂长手指海边，讲解说，那一艘是在建的地质采矿船，可直接从1500米的深海下采矿、粉碎、装船。那一艘是科考船的生活船，本身就是一座七层楼的活动大旅店。我们头戴红色安全帽，在机器的轰鸣声中要大声喊话。人行走在这如山的大船旁和悬在半空的龙门吊下就像几个小正在蠕动的小甲虫。

新区已建成了一座十二层高的办公大楼。楼前广场上刻意保留了有当年船政记忆的三件标志物：沈葆桢雕像、沈公榕和法式钟楼。沈的雕像，背靠大楼，面向大门，雄伟高大。雕像高1.866米，寓意1866年，船政也即是近代中国海军的开创年份。底座高4.7米，寓意他在47岁那年接此重任，启动了中国近代海军史的历史车轮。雕像的底座上有这样一段铭文：

> 沈葆桢（1820-1879），字翰宇，号幼丹。福建侯官人，清道光二十年进士。1866年得闽浙总督左宗棠力荐，出任总理船政钦差大臣。在福州马尾船厂制造轮船，开办新式学堂，不惮艰辛，为国图强。开拓了中国造船工业，并组建我国近代第一支海军舰队。
>
> 1874年临危受命，率船政轮船水师，赴台抗御日军入侵，保卫了宝岛台湾。1875年调任两江总督，广有惠政业绩。公忠体国，尽瘁于任上。清廷追赠太子太保，入祀贤良祠。

感谢马尾人，恐怕这是中国大地上唯一的一座沈葆桢雕像了。

只见他顶戴花翎，身披长袍，手执一卷文书，许是新船的设计图或者是将要上奏的船政方案。海风拂动他的长袍，他挺身眺望着碧浪滔滔的大海。他看见了什么？看见了150年来海面上的滚滚不停地巨浪，看到了头上的天空诡谲多变的风云。他还在翘首瞭望，他放不下这颗赤子心。而在他的右后方，就是那棵新栽的“壮士断臂榕”，主干有一抱之粗，上面的细枝已吐出翠绿的叶片和团团的气根。正是：东海波涛涛不平，英雄抱恨恨难宁。化作巨榕根千条，吸尽海水缚苍龙。整个树形，昂首向东，指向古钟楼，如一匹伏枥的老马，随时准备飞腾上阵。

有趣的是沈葆桢雕像的面部和沈公榕的树梢都还蒙着一块薄薄的红色纱巾，在微风中如一团火苗。厂长说，要等到三天后，大庆正日子的那天早晨，才会在锣鼓和鞭炮声中揭去这块红盖头。为的是要给沈公一个惊喜，让他看看150年后，今天中国的新船政。

2017年1月28日春节

周恩来童年读书院内腊梅花

腊　梅

别名：黄金茶、黄梅、黄梅花、金梅、腊梅、蜡花、腊梅花、蜡木、麻木紫、石凉茶、唐梅、香梅、香木、雪里花、巴豆花、冬梅、雪梅、寒梅、金钟梅、干枝梅、早梅

腊梅科，腊梅属

为落叶丛生灌木，是我国特产的传统名贵观赏花木，有着悠久的栽培历史和丰富的腊梅文化。高可达 4–5 米。常丛生。叶对生，纸质，椭圆状卵形。冬末先叶开花，黄色，带蜡质，花期 12–1 月，有浓芳香。是冬季观赏主要花木。腊梅的花经加工是名贵药材，有解毒生津之效。

腊梅原产我国中部，现各地都有栽培。

采访时间：2012 年 11 月 6 日

采访地点：江苏省淮安市

首　　发：《人民日报》2013 年 2 月 18 日

周总理手植腊梅赋

中国人爱松、爱菊、爱竹、爱兰，而爱梅尤甚。松耐寒而无花，竹青翠而无香，菊经霜而不受雪，兰多香而少坚。唯梅有色有味，经霜耐寒，寿比松柏，香胜幽兰。而梅中之极品犹数腊梅。

淮安周恩来少年读书处有其手植腊梅一株，现已愈百年，枝叶满院，高比屋肩。其一树六股，遒劲曲折，上下翻飞，如绳缠龙盘。每当盛夏之时，枝探墙外，四壁难禁勃勃生机；浓阴覆地，满院都是盈盈之情。晨风轻摇，碧叶向天奏有声之曲；皓月初上，疏影在墙写无声之诗。而当寒凝大地，北风过野，雪盖高原，这青瓦老宅中腊梅怒放，忽如一座金山横空出世，灿若朝阳，满树黄花无一丝杂色，方圆数里，暗香浮动，荡气回肠。此总理手植腊梅之大观也。

总理在时，此腊梅静生默长，人们亦不觉有奇。墙外风雨墙内树，落叶飘飘送华年。花开花落，无论冬夏短长。然自1976年总理大去，举国同悲，万家悼伤，怀念之情与日俱长。虽开国总理，这960万平方公里之国土竟无一碑之立、一石之安，魂之所系不知何方，祭之所向一片空茫。今年是总理诞辰115年，念神州大

2013年3月7日，作者在周恩来故居手植腊梅前

地，有何物曾与总理同生同长，却仍在生命绽放；又有何物经总理手泽，却依然长此留香。唯此手植腊梅，玉树临风，山高水长！于是仰树怀人，对梅神伤，游人如织，默念忠良。念总理当代宰相，官居一品，却党而不私，官而不显，劳而无怨；念总理德高一品，却生而无后，死不留灰，去不留言。噫，大道无形，大德无声。其大智、大勇、大德、大才、大貌，齐化作这株一品古梅遗爱在人间。君不见这腊梅铁杆铜枝，曲节回环，伤痕斑斑，曾经多少辛酸仍挺身向天；君不见这故居青砖小院，每当大雪漫天，上下皆白，一梅出墙香清益远。

呜呼，人去梅开，总理归来。叶落归根，香飘江淮。民族之魂，国之一脉。大无大有，周公恩来。

老樟树

樟　树

别名：桪树、香樟

樟科，樟属

常绿乔木或灌木，为亚热带常绿阔叶林的代表树种，高可达50米，树龄成百上千年以上。樟树全株具有樟脑般的清香，可驱虫，而且永远不会消失。叶互生，纸质或薄革质，树干有明显的纵向龟裂，极容易辨认。因树皮和木材上多纹路，寓意大有文章所以就在“章”字旁加一个木字作为树名。

樟树它的常绿不是不落叶，而是春天新叶长成后，去年的老叶才开始脱落，所以一年四季都呈现绿意盎然的景象。

产贵州、四川东部、湖北、湖南西部及云南东北和东南部。

采访时间：2012年10月19日

采访地点：江西瑞金市

首　　发：《人民日报》2012年12月3日

一棵怀抱炸弹的老樟树

一棵茂盛的古树用它的枝丫轻轻地托着一颗未爆的炸弹，就像一个老人拉住了一个到处乱跑、莽撞闯祸的孩子。炸弹有一个老式暖水瓶那么大，高高地悬在半空，它是从千多米高的天空飞落下来后被这棵树轻轻接住的。就这样在浓密的绿叶间探出头来，瞪大眼睛审视人世，已经整整 80 年。眼前是江西瑞金叶坪村的一棵老樟树。

樟树在江西、福建一带是常见树种，家家门前都有种植。民间习俗，女儿出生就种一棵樟树，到出嫁时伐木制箱盛嫁妆，三五百年的老树随处可见。但这一棵却不同。一是它老得出奇，树龄已有 1100 多年，往上推算一下该是北宋时期了。透过历史的烟尘，我脑子里立即闪过范仲淹的“庆历改革”和他的《岳阳楼记》，以及后来徽宗误国、岳飞抗金等一连串的故事。在这个世界上什么东西才有资格称古呢？山、河、城堡、老房子等都可以称古，但它们已没有生命。要找活着的东西唯有大树了。活人不能称古，兽不能，禽鱼不能，花草不能，只有树能，动辄百千年，称之为古树。它用自己的年轮一圈一圈地记录着历史，与岁月俱长，与山川同在，却又常绿

作者在瑞金“山”字樟树下

不衰，郁郁葱葱。一棵树就是一部站立着的历史，站在我面前的这棵古樟正在给我们静静地诉说历史。第二个不寻常处，是因为它和中国现代史上的一个伟人紧紧连在一起，这个人就是毛泽东。毛泽东也是一棵参天大树，他有83圈的年轮，1931年当他生命的年轮进入到第38圈时在这里与这棵古樟相遇。

那时中国大地如一锅开水，又恰似一团乱麻，两千年的封建社会已走到了尽头。地主与农民的矛盾，剥削与被剥削的矛盾，土地不均的矛盾已经到了非有个说法不可的时候。这之前从陈胜、吴广到洪秀全，已经闹过无数次的革命，但总是打倒皇帝坐皇帝，周而复始，不能彻底。这时出现了中国共产党，要领导农民来一次彻底的土地革命。共产党的总部设在上海，它的行动又受命于远在莫斯科的共产国际，他们对中国农村和农民革命知之甚少，又乱指挥，造成失误连连。毛泽东便自己拉起一支队伍上了井冈山，要学绿林好汉的样劫富济贫，又参照列宁的路子搞了个“湘赣边界工农兵苏维埃”政权。他在6个县方圆500里的范围内坚持了两年，后又不幸失利。1931年他率队下山准备到福建重整旗鼓再图发展，当路过瑞金时邓小平正在这里任县委书记，就建议他在这里扎根。于是1931年11月7日苏俄十月革命胜利14周年这一天，在瑞金叶坪村的一个大祠堂里召开了全国代表大会。第一个全国性的红色政权中华苏维埃共和国中央临时政府宣告成立，毛泽东当选为中央执行委员会主席，后来被中国人称呼了近半个世纪的“毛主席”就是从这一天开始的。

虽是共和国的主席，毛泽东也只能借住在一户农民家里。这是一座南方常见的木结构土坯二层小楼，狭窄、阴暗、潮湿。小楼与祠堂之间是一个广场，是红军操练、阅兵的地方。广场尽头还有一座烈士纪念塔。这实在是一处革命圣地，是比延安还要老资格的圣地。共产党第一次尝试建立的中央政府就“五脏俱全”，有军事、财政、司法、教育、外交等九部一局，都设在那个大祠堂里。毛泽东等几个中央要人则住在广场的南头的小楼上，楼后就是这棵巨大的樟树。

一走近大树我就为之一震，肃然起敬。因为它实在太粗、太高、太大，我们已不能用拔地而起之类的词来形容，它简直就是火山喷出地面后突然凝固的一座石山，盘龙卧虎，遮天盖地。树干直径约有4米，树身苔痕斑驳黝黑铁青，树纹起伏奔腾如江河行地。树的一半曾遭雷劈，外皮炸裂，木质外露，如巨人向天狂呼疾喊，声若奔雷。而就在炸裂后的树身上又生出新的躯干，干又生枝，枝再长叶，一团绿云直向蓝天铺去。好一棵不朽的老树，就这样做着生命的轮回。因地势所限，树身沿东西方向略成扁平，而墨绿的枝叶翻上天空后又如瀑布垂下，浓荫覆地，直将毛泽东住的后半座房子盖了个严实。那天，毛泽东正在二楼上看书，空中隐隐传来飞机的轰鸣。他并不在意，把卷起身，踱步到窗前看了一眼，又回到桌前展

老樟树的树干

纸濡毫准备写文章。突然一声凄厉的嘶鸣，飞机俯冲而下，铁翅几乎刮着了屋顶，一颗炸弹从天而降，警卫员高喊“飞机”，冲上楼梯。毛停笔抬头，看看窗外，半天没有什么动静，飞机已经远去，轰鸣声渐渐消失。这时房后已经乱作一团，早涌来了许多干部、群众。很明显，这架飞机是冲着临时中央政府，冲着毛泽东而来，只扔了一颗炸弹就走了，但炸弹并没有爆炸。大家围着屋子到处寻找，地上没有，又仰头看天，突然有谁喊了一声：“在树上！”只见一颗光溜溜的炸弹垂直向下卡在树缝里。好悬！没有爆炸。这时，毛泽东已经走下楼来。人们早已惊出一身冷汗，齐向主席问安，天佑神人，大难不死。毛泽东笑了笑说：“是天助人民，该我新生的苏维埃政权不亡。”毛泽东戎马一生，不知几遇危难，但总是化险为夷。胡宗南进攻延安，炮声已响在窑畔上，毛还是不走，他说要看看胡宗南的兵长得什么样子。彭德怀没有办法，命令战士把他架出了窑洞。去西柏坡的途中，在城南庄又遇到一次空袭，他又不急，继续休息，是战士用被子卷起他抬进防空洞的。毛的性格坚定、沉着，又有几分固执、浪漫，从不怕死。唯此才能成领袖，成伟人，成大事业，写得大文章。

作者手绘毛泽东老樟树

历史的脚步已走过80年，这棵老樟树依然伫立在那里。枝更密，叶更茂，干更壮。树皮上的青苔还是那样绿，满地的树荫还是那样浓。那颗未爆的炸弹还静静地挂在树上。现在这里早已辟为旅游景点，人们都争着来到树下，仰望这定格在历史天空中的一瞬。古樟树像一个和蔼的老人正俯瞰大地，似有所言。一千年的岁月啊，它看过了改朝换代，看过了沧海桑田，看尽了滚滚红尘。远的不说，只从共产党闹革命开始它就站在这里看红军打仗，看第一个红色中央政府成立，看长征出发；又遥望北方，看延安抗日，北京建国。它的年轮里刻着一部党史，一部共和国的历史。它怀里一直轻轻地抱着那颗炸弹，这是一把现代版的“达摩克利斯之剑”，天将降大任于斯人也必先试其定力，然后又戒其权力。它告诫我们，革命时要敢于牺牲，临危不乱；掌权后要忧心为政，如履薄冰。

燕山沧桑树

松　树

全球约230余种，分属3亚科10属。绝大多数是高大乔木，高20—50米，最高可达75米。极少数为灌木状，如偃松和地盘松 。松树为轮状分枝，小枝比较细弱平直或略向下弯曲，针叶细长成束。“松”字正是其树冠特征的形象描述，是树冠蓬松的一类树。松树坚固，寿命十分长。松树最明显的特征是叶成针状，常2针、3针或5针一束。如油松、马尾松、黄山松的叶2针一束，白皮松的叶3针一束，红松、华山松、五针松的叶5针一束。

多产于北半球，我国有10属113种29变种，分布于全国。

采访时间：2014年8月29日

采访地点：河北省承德市兴隆县

首　　发：《人民日报》2014年12月10日

燕山有棵沧桑树

北京之北 100 多公里处就是河北的兴隆县，境内有燕山的主峰雾灵山。正是秋高季节，几个好友乘兴登山，一路黄花红叶，蓝天白云。松鼠横穿于路，野雀飞旋在树，鸟鸣泉响，好不快活。正走着，忽见路边有一指路牌：沧桑树与见证桩。不觉好奇，就下路拐入荒径，攀荆附葛，爬上一高坡，顿现一树一桩。

树是一棵奇怪的大松树，根基部十分壮大，盘根错节与山石一体，已分不清彼此。原树已经枯死，而在侧根处又长出一棵新树，有合抱之粗，浑身的鳞片层层相叠，青枝挑着绿叶在秋阳下闪闪发光。树身成“7”字形，斜出石缝向山外探去，蜿蜒遒劲，如一条苍龙欲腾空而去。大家正说这树像龙，当地的朋友说，这树还真就与龙有关。

作者手绘燕山松

原来，历代皇帝都自比真龙天子。清朝入关后的第一位皇帝是顺治帝，他就位后即在遵化选定了自己的龙寝之地，后人称东陵。为使陵寝安宁，东陵以北兴隆境内这2500平方公里的山林，就全部划作“后龙风水”禁地。原住民全部迁走，不许耕种、伐木、采药、打猎，不许闲人进入。又配备了专门的护陵部队，隔不远就设一哨卡，满语称“拨”，现当地还留有不少地名：“一拨子”“二拨子”。森林郁蔽后，又清出若干防火通道，现有“北火道”等地名。一次士兵巡逻，忽然阵阵山风送来黄酒的甜香。深山禁地何来酒馆？细寻处，是深秋季节梨果落地，自然发酵，一沟酒香，于是这里就名“黄酒馆”。封建专制，普天之下莫非王土，皇帝伸手一指，这2500平方公里的土地一占就是254年，直到民国后的1915年才解禁。山之禁，树之福。这棵龙形松，四季有人护，年年有酒喝，过了200多年平静舒心的好日子，笑看冬去春来，静听花开花落。

1931年日本人侵占东北，1934年南下占领兴隆，直逼北京，当年的这一片皇家禁地又成了敌我双方争夺的战略要地。在日本一方是南下的跳板，又是一处重要的战略物资地；在我方山高林密，正是开展游击战争的好地方。一场残酷的侵略与反侵略战争在这里反复拉锯。这期间数不清出了多少民族英雄。最著名的一个是孙永勤。孙本是一普通农民，小时曾读私塾，粗通文字，又习得一身好武，身高两米，双手过膝，行侠仗义，人称“黑面门神”。他耻为亡国奴，便串联村里的16位弟兄宣誓“为国为民，永无二心，抗暴杀敌，有死无降”，拉起一支“民众军”，自任军长。后接受中国共产党的领导，改称“抗日救国军”，发展到5000多人。孙带领部队一年半间，与敌交战200多次，拔掉据点100多个，成为日军的心腹大患，以至于日本人诱降国民党，与何应钦谈判签订《何梅协定》时都将灭孙作为一个筹码。而当时中共也注意到这支抗日力量，1934年8月正在长征途中的党中央发表著名的《八一抗日宣言》，将孙永勤与吉鸿昌、瞿秋白并列，说他“表现出我民族救亡图存的伟大精神”。孙在最后一次战斗中，寡不敌众，腿部负伤，被团团包围。他对参谋长关元有说：“当年我们空手起家，誓杀尽敌寇，有死无降。今天弹尽粮绝，我来吸引敌人，你带部队冲出去，以图再起。”关说：“杀敌第一，愿与军长同生死。”结果孙与700壮士全部壮烈牺牲。这棵树目睹了一个英雄的诞生。

“沧桑树”下还有一截二尺多高如水桶之粗的树桩，旁立木牌，上书“见证桩”三字。这是当年日寇掠夺当地资源的见证。我俯下身去想辨认一下树桩的年轮，只是经年的风吹雨打，横截面上的木质已经朽去，用手一捏，即成碎末。但整个桩子的大形还在，短粗挺直，身带焦痕，挺立于荒草乱石之中，似有所言。当年日本人为了铲除抗日武装的群众基础，便东起山海关，西到沽源县，制造了一个千里无人区，兴隆正当其中心。日军反复扫荡、搜剿，屠杀百姓，活埋、刀挑、挖心、狗咬，惨不忍睹，全县载入史册的大惨案就有9起之多，毁掉了2000个村庄，11万人被赶入所谓的“部落”过集中营生活，战后全县人口从16万降至10万。同时又大肆劫掠资源，共掠走黄金9600公斤，白银数万两，原煤数百万吨。压迫愈深，反抗愈烈，我抗日军民为保护资源，经常夜袭据点，烧敌仓库，破坏交通。游击队穿行于深山老林，神出鬼没。敌人气急败坏，便放火烧山，方圆200公里火光接天，烟罩四野，五个月不灭。这块皇封禁地化为一片焦土。现在我们看到的这棵“沧桑树”就是劫后重生的火中凤凰，而那截“见证桩”则先是被砍后留下的树桩，后又过火，是日寇“三光”政策的见证。我抗日军民就在这样恶劣的环境下与敌周旋，直到最后胜利。全国抗战8年，这里是抗战12年，现在山下的烈士陵园里还长眠着1200余位烈士。

看完“沧桑树”我们又重回登山主道，继续上山。秋阳如春，照

作者踏访燕山见证桩

在身上暖洋洋的，刚才脑子里的硝烟渐渐散去。正是果熟季节，路两边赤、橙、黄、绿，摆满销售和等待外运的核桃、柿子、苹果、山楂，排起两道长长的水果墙，农民的笑意都挂在脸上。近年来为致富老区，这里浅山处大力发展经济林，林果成了农民的主要收入。深山处开辟成国家森林公园，封山育林，涵养水源。来到这里才知道，北京人吃的栗子、冰糖葫芦多取自本地，原来兴隆已是全国第一板栗大县、山楂大县；北京人喝的水，也来自这里，全县的高山密林间有大小径流 800 条，昔日的“后龙风水地”已经成了京城的风水宝地。

随着山路上行，两边的树木愈来愈密，栎树、楸树、枫树、桦木、杉木等遮住了头上的太阳和山外的蓝天，我们在林木的隧道里穿行，约一小时后终于穿出树海爬上燕山最高处的雾灵山峰。这燕山是一座历史名山，也是中国政治史的一个大舞台。其成名很早，《诗经》中即提到燕山、燕水。李白之“燕山雪花大如席”，韩愈说的“燕赵多慷慨悲歌之士”都是指这里。元灭宋后在这一带建都。朱元璋灭元后将他的第四子朱棣分封到这里，名为燕王，住藩北京。燕王深谋远略，在此整军备武，朱元璋一死便南下夺了帝位，将大明迁都北京，就是史上有名的永乐大帝，是他奠定了北京作为历史名都的规模气象。之后这里又上演了李自成进京、清军入关、日寇南侵、长城抗战、新中国成立等几场大戏。我登上燕山之巅，遥望群峰从山海关一路奔来，长城起伏其间，脚下是一片树的汪洋，胸中荡起一幅历史的长卷。这时只见远处绿波中现出一团飘动的火苗，那是刚才上山时路过的一片花楸树林。这是一种我从未见过的树种，大概只有这燕山深处才有吧。都说枫叶红于二月花，这花楸叶子是枫叶的三四倍大，叶面厚实，树身高大，只在悬崖深壑、人迹不到的地方生长。秋风一过它就红得像浸了血，着了火。我又想起了刚才那棵穿越战火而来的“沧桑树”和劫后余存的“见证桩”。这块土地在民国时和解放初称热河省。热河，热河，好一片热土。先经过了 254 年的皇封冷藏，又经民国 30 多年间的军阀混战、外族入侵和国共内战，终于回归于民，现已休养生息出这般模样。

山不转水转，人会老树还在。一截树桩见证了一个民族曾经的苦难，一棵树记录了这片土地上三个半世纪的沧桑。无论是朝代更替，人世变幻，还是自然界的寒来暑往，山崩地裂，都静静地收录在树的年轮里。

彭德怀保下的重阳木

重阳木

大戟科，重阳木属

落叶乔木，高达 15 米。树姿优美，冠如伞盖，花叶同放，花色淡绿，秋叶转红，艳丽夺目，抗风耐湿，生长快速，是良好的庭荫和行道树种。根、叶可入药。种子含油量约 30%，油有香味，可以食用，也可作润滑油；木树较坚硬，质重，是良好的建筑用材。

中国原产树种，产于秦岭、淮河流域以南各地，在长江中下游地区常见栽培。

采访时间：2013 年 11 月 5 日

采访地点：湖南省湘潭市

首　　发：《人民日报》2014 年 1 月 22 日

带伤的重阳木

毛泽东有一首词，里面有一句："岁岁重阳，今又重阳。"今年重阳节刚过我就到湖南湘潭来看一棵树，树名重阳木。开始听到这个名字我还以为是当地人的俗称，后来一查才知道这就是它的学名。大戟科，重阳木属。产长江以南，根深树大，冠如伞盖，木质坚硬，抗风、抗污能力极强，常被乡民膜拜为树神。能以它为标志命名为一个属种，可见这是一种很正规、很典型的树。湘潭是毛泽东的家乡，也是彭德怀的家乡，我曾去过多次，而这次却是专门为了这棵树，为了这棵重阳木。

这棵重阳木长在湘潭县黄荆坪村外的一条河旁，河名流叶河，从上游的隐山流下来的。隐山是湖湘学派的发源地，南宋时胡安国在这里创办"碧泉书院"，后逐渐发展成一个著名学派，出了周敦颐、王船山、曾国藩、左宗棠等不少名人。现隐山范围内还有左宗棠故居、周敦颐的濂溪书堂等文化景点。这条河从山里流出，进入平原的人烟稠密地带后，就五里一渡，八里一桥，碧浪轻轻，水波映人。而每座桥旁都会有一、两棵枝繁叶茂的大树，供人歇脚纳凉。我要找的这棵重阳木就在流叶桥旁，当地人叫它"元帅树"，和彭德怀元帅的一段逸事有关。

我们到达的时候已是午后，太阳西斜，远山在天边显出一个起伏的轮廓，深秋的田野上裸露着刚收割过的稻茬，垅间的秋菜在阳光下探出嫩绿的新叶。河边有农家新盖的屋舍，远处有冉冉的炊烟，四野

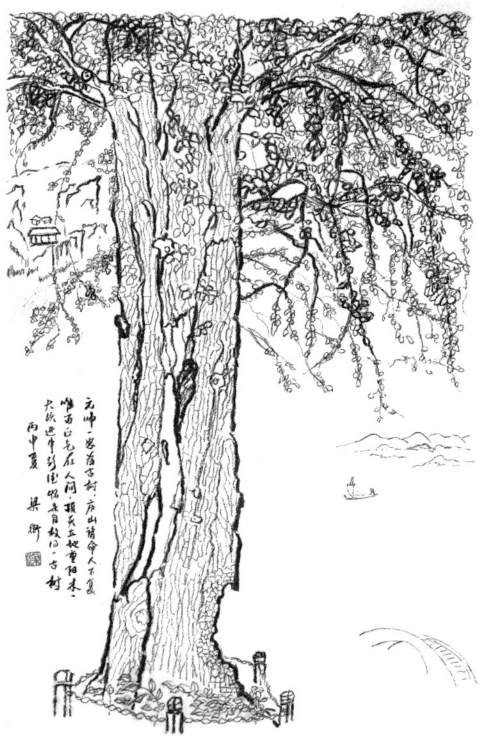

作者手绘彭德怀重阳木

茫茫，寥廓江天，目光所及，唯有这棵大树，十分高大，却又有一丝的孤独。这树出地之后，在两米多高处分为两股粗壮的主干，不即不离并行着一直向天空伸去，枝叶遮住了路边的半座楼房。由于岁月的侵蚀，树皮高低不平，树纹左右扭曲，如山川起伏，河流经地。我们想量一下它的周长，三个人走上前去伸开双臂，还是不能合拢。它伟岸的身躯有一种无可撼动的气势，而柔枝绿叶又披拂着，轻轻地垂下来，像是要亲吻大地。虽是深秋，树叶仍十分茂密，在斜阳中泛着粼粼的光。55年前，一个人们永远不会忘记的故事就发生在这棵树下。

1958年，那是共和国历史上的特殊年份，也是彭德怀心里最纠结不解的一年。还是在上年底，彭就发现报上出现了一个新名词："大跃进"。他不以为然，说跃进是质变，就算产量增加也不能叫跃进呀。转过年，1958年的2月18日，彭为《解放军报》写祝贺春节的稿子，就把秘书拟的"大跃进"全改成了"大发展"。而事有凑巧，同天《人民日报》发表毛泽东修改过的社论却在讲"促进生产大跃进"。也许从这时起，彭的头脑里就埋下了一粒疑问的种子。3月，中央下发的正式文件说："这是一个社会主义的生产'大跃进'和文化'大跃进'的运动"。接着中央在成都开会，毛泽东在会上的讲话意气风发、势如破竹。彭也被鼓舞得热血沸腾。5月，北戴河会议通过《关于在农村建立人民公社的决议》，并要求各项工作“大跃进”，钢产量比上年要翻一番，彭也举手同意。会后的第二天他即到东北视察，很为沿途的跃进气氛所感动。他向部队讲话说：“过去唱‘起来，饥寒交迫的奴隶’，中国人民几千年饿肚子，今年解决了。今年钢产量1070万吨，明年2500万吨，‘一天等于20年’，我是最近才相信这番话的。”10月，他到甘肃视察，看到盲目搞大公社致使农民杀羊、杀驴，生产资料遭破坏，公社食堂大量浪费粮食，社员却吃不饱，又心生疑虑。回到北京，部队里有人要求成立公社，要求实行供给制。他说：“这不行，部队是战斗组织，怎么能搞公社？不要把过去的军事共产主义和未来‘各尽所能，按需分配’的共产主义分配混为一谈。”12月，中央在武汉召开八届六中全会，说当年粮食产量已超万亿斤，彭说怕没有这么多吧，被人批评保守。他就这样在痛苦与疑惑中度过了1958年。

武汉会议一结束，彭没有回京，便到湖南作调查，他想家乡人总是能给他说些真话。湖南省委书记周小舟陪同调查，他介绍说全省建起5万个土高炉，能生火的不到一半，能出铁的更少。而为了炼铁，群众家里的铁锅都被收缴，大量砍伐树木，甚至拆房子、卸门窗。彭德怀没有住招待所，住在彭家围子自己的旧房子里。当天晚上乡亲们挤满了一屋子，七嘴八舌说社情。他最关心粮食产量的真假，听说有个生产队亩产过千斤，他立即同干部打着手电步行数里到田边察看。他蹲下身子拔起一蔸稻子，仔细数杆、数粒。他说：“你们看，禾蔸这么小，杆子这么瘦，能上千斤？我小时种田，一亩500，就是好禾呢。”他听说公社铁厂炼出640吨铁，就去看现场，算细账，说为了这一点铁，动用了全公社的劳力，稻谷烂在地里，还砍伐了山林，这不合算。他去看公社办的学校，这里也在搞军事化，从一年级开始就全部住校。寒冬季节，门窗没有玻璃，狮子大张口，冷风飕飕直往屋里灌。孩子们住上下层的大通铺，睡稻草，尿床，满屋臭气。食堂吃不饱，学生们面有菜色。他说："小学生军事化，干不得呀！没有妈妈照顾要生病的。快开笼放雀，都让他们回去吧。"当天学生们就都回了家，高兴得如遇大赦。彭总这次回乡住了两个晚上一个白天，看了农田、铁场、学校、食堂、敬老院。他用筷子挑挑食堂的菜，没有油水。摸摸老人的床，没有褥子，眉头皱成了一团。他说："这怎么行，共产主义狂热症，不顾群众的死活。"那天，他从黄荆坪出来看见一群人正围着一棵大树，熙熙攘攘，原来又是在砍树。他走上前说："这么好的树，长成这个样子不容易啊。你们舍得砍掉它？让它留下来在这桥边给过路人遮点阴凉不好吗？"这时大树的齐根处已被斧子砍进一道深沟，青色的树皮向外翻卷，木质部已被剁出一个深窝，雪白的木渣飞满一地。而在桥的另一头，一棵大槐树已被放倒。他心里一阵难受，像是在战场上看到了流血倒地的士兵，紧绷着嘴一句话也不说，便默默地上了车，接着前去韶山考察人民公社。周小舟见状连忙吩咐干部停止砍树。这天是 1958 年 12 月 17 日。

重阳木留下的斧痕

这个彭老总护树的故事，我大约三年前就已听说一直存在心里，这次才有缘到现场一看。这棵重阳木紧贴着石桥，桥边有一座房子，房主老人姓欧阳，当年他正在现场，讲述往事如在眼前。他印象最深的还是那句话：给老百姓留一点阴凉！我问那棵阻拦不及而被砍掉的古槐在什么位置，老人顺手往桥那边一指，桥外是路，路外是收割后的水田，一片空茫。我就去凭吊那座古桥。这是一座不知修于何年何月的老石桥，由于现代交通的发达，旁边早已另辟新路，它也被弃而不用，但石板仍还完好，桥正中留有一条独轮车辗出的深槽。石板经过无数脚步、车轮，还有岁月的打磨，光滑得像一面镜子，在夕阳中静静地沉思着。车辙里、栏杆底下簇拥着刚飘落的秋叶，这桥在不停地收藏着新的记忆。我蹲下身去，仔细察看树上当年留下的斧痕。这是一个方圆深浅都近一尺的树洞，可知那天彭总喝退刀斧时，这可怜的老树已被砍得有多深。我们知道，树木是通过表皮来输送营养和水分的，55 年过去了，可以清晰地看到，树皮小心地裹护着树心，相濡以沫，一点一点地涂盖着木质上的斧痕，经年累月，这个洞在一圈一圈地缩小。现在虽已看不到裸露的伤口，但还是留下了一个凹陷着的碗口大的疤痕。疤痕成一个圆窝形，这令我想起在气象预告图上常见的海上风暴旋动的窝槽，又像是一个旧社会穷人卖身时被强按的红手印，似有风雨、哭喊、雷鸣回旋其中。55 年的岁月也未能抚平它的伤痛。就像一只受伤的老虎，躲在山崖下独自舔着自己的伤口，这棵重阳木偎在石桥旁，靠树皮组织分泌的汁液，一滴一滴地填补着这个深可及骨的伤洞。我用手轻轻抚摸着洞口一圈圈干硬的树皮，摸着这些枯涩的皱褶，侧耳静听着历史的回声。

彭德怀湘潭调查之后，又回京忙他的军务。但“大跃进”的狂热，遍地冒烟的土高炉，田野里无人收割的稻谷、棉花，公社大食堂没有油水的饭菜，一幕一幕，在他的脑子里总是挥之不去。转过年，就是 1959 年，彭万没有想到这竟是他人生的转折之年，也是中国共产党命运的转折之年。其时“大跃进”、人民公社造成的经济败象已逐渐显露出来，这年 7 月中央在庐山召开会议准备纠左，彭根据他的调查据实给毛泽东写了一封信。他不知道，毛是绝不允许别人否定他的“大跃进”、人民公社的，于是雷霆震怒，就将他并支持他意见的黄克诚、张闻天、周小舟一起打成“彭、黄、张、周”反党集团。从此，党内高层噤若寒蝉，就再也听不到不同意见，党和毛的自我纠错能力也日弱一日，直到发生“文化大革命”大难。彭德怀生性刚正不阿，又极认真。他罢官后被安置在北京郊外一处荒废的院子里，就自己开荒、积肥、种地，要验证那些亩产千斤、万斤的神话。1961 年 11 月他回乡调查。这又是一个寒冷的冬季，他回乡住了 56 天。经过 1958 年的大砍伐，家乡举目四望，已几乎看不到一棵树。他对陪同人员说：“你看山是光秃秃的，和尚脑壳没有毛。我二十三四岁时避难回家种田，推脚子车（独轮车）沿湘河到湘潭，一路树荫，都不用戴草帽。再长成以前那样的山林，恐怕 50 年、80 年也不成。现在农民盖房想找根木料都难。”他一共写了 5 个调查报告，其中有一个是专门在黄荆坪集市调查木料的价格。回京后他给家乡寄来四大箱子树种，嘱咐要想尽法子多种树。他念念不忘栽树、护树，是因为这树连着百姓的命根子啊。他虽是戎马一生，在炮火硝烟中滚爬，却是爱绿如命。抗日战争中，八路军总部设在山西武乡。山里人穷，春天以榆钱（榆树花）为食。彭就在总部门口栽了一棵榆树，现在已有参天之高，老乡呼之为“彭总榆”，成了永久的纪念。1949 年，他率大军进军西北，驻于陕西白水县之仓颉庙外。庙中有“二龙戏珠”古柏一株。炊事班做饭无柴就爬上树将那颗“珠子”割下来烧了火。彭严肃批评并当即亲笔书写命令一道：“全体指战员均须切实保护文物古迹，严格禁止攀折树木，不得随意破坏。”现这命令还刻在树下的石头上。彭总不忘百姓，百姓也不忘彭总。他的冤案昭雪之后，这棵重阳木就被当地群众称为“元帅树”，年年祭奠，四时养护。我在树旁看到农民刚砌好的一口井，上面也刻了“元帅井”三个字。而树下还有一块石碑，辨认字迹，是 1998

年有一个企业来领养这棵树，国家林业局还为此正式发了文，并做了档案记录。那年的树龄是490年，树高22米，胸径1.2米。又15年过去了，这树已过500年大寿，更加高大壮实。彭总又回到了湘潭大地，回到了人民群众之中。

因为当年回乡调查是周小舟陪同，他在庐山上又支持彭的意见，也被罚同罪，归入反党。周也是湘潭人，他的故居离这棵重阳木只有二里地，我顺便又去拜谒。这是一座白墙黑瓦的小院，典型的湘中民居。周在这里度过了童年，后来到北方学习，参加革命，领导一二·九运动，极有才华。因为到延安汇报工作，被毛泽东看中，便留下当了一年的秘书。后又南下，直到任湖南省委书记。毛泽东本是十分欣赏他的，1956年曾题词说："你已经不是小舟了，你成了承载几千万人的大船。"可惜他和彭德怀一样，也是为民请命不顾命的人。庐山会议后，他一下子从省委书记贬为一个公社副书记。但他还是尽自己所能保护百姓。在那个非常时期他的公社是最少饿肚子的。

作者怀抱彭德怀救下的这棵大树

作者一行考证重阳木树下的碑文

看过这棵重阳木的当晚，我夜宿韶山，窗

作者站在重阳木树下

外就是毛泽东塑像广场，月光如水，“共产党最好，毛主席最亲”的老歌旋律在夜空中轻轻飘荡。我清理着白天的笔记和照片，很为毛未能听取彭、周的逆耳忠言而遗憾。周曾是他的秘书，而彭从长征到抗美援朝，也是他很倚重的人，毛曾有诗：“谁敢横刀立马，唯我彭大将军”，但终因政见不合，自损大将，自折手足。谁能想到三个曾经出生入死的战友、忠诚共事的同志、不出百里的老乡，在庐山上面对自己家乡的同一堆调查材料，却得出不同的结论，翻脸为仇，指为“反党”。这真是一场悲剧。周在1962年12月25日，毛生日的前夜去世，疑为自杀。而直到1965年，毛才重新启用彭，并说：“也许真理在你那边。”但这一点友谊和真理的回光又很快被第二年开始的“文化大革命”的狂潮所吞灭。现在毛、彭、周三人都早已作古。“岁岁重阳，今又重阳”，人们年复一年地讲述着重阳木的故事，三个战友和老乡却再也不能重聚。这棵重阳木却不管寒往暑来，风吹雨打，还在一圈一圈地画着自己的年轮。我想，随着岁月的流逝，中国大地上如果要寻找1958、1959年那场灾难的活着的记忆，就只有这棵重阳木了，而且这记忆还在与日俱长，并随着尘埃的落定日见清晰，它是一部活着的史书。作为自然生命的树木却能为人类书写人文记录，这真是万物有灵，天人合一。它还会超出我们生命的十倍、百倍，继续书写下去。半个多世纪后，当人们再来树下凭吊时，也许那伤口已经平复，但总还会留下一个疤痕。树木无言，无论功过是非，它总是在默默地记录历史。正是：

元帅一怒为古树，喝断斧钺放生路。
忍看四野青烟起，农夫炼钢田禾枯。
谏书一封庐山去，烟云缈缈人不复。
唯留正气在人间，顶天立地重阳木。

腰果树

又名槚如树、鸡腰果、介寿果

无患子目，漆树科，腰果属

常绿乔木，树干直立，高达 10 米。腰果是一种肾形坚果，有丰富的营养价值，可炒菜，也可作药用，为世界著名四大干果之一。它的食用部分是着生在假果顶端的肾形部分，长约 25 毫米，由青灰色至黄褐色，果壳坚硬，里面包着种仁，甘甜如蜜，含有较高的热量，其热量来源主要是脂肪，其次是碳水化合物和蛋白质。

原产于美洲，巴西东北部、南纬 10° 以内的地区。

采访时间：2015 年 11 月 29 日至 12 月 1 日

采访地点：海南省陵水县

首　　发：《人民日报》2015 年 12 月 16 日

树殇、树香与树缘

“殇”字在字典里的解释是：还没有到成年就死了。就是说，是非正常死亡。在古代又指战死者。屈原有一篇名作就叫《国殇》，歌颂、悼念为国捐躯的战士。我这次海南之行，却意外地碰见两棵非正常死亡的珍稀树，由此引起一连串的故事。

11月底，北京寒流骤至，降下第一场冬雪，接着就是有史以来最严重的雾霾，污染值突破一千大关，媒体大呼测量仪“爆表”。行人出门捂口罩，白日行车要开灯。就在这样的日子里，我们恰好在海南开一个生态方面的会议，逃过了北京生态之一劫。晨起推开窗户，芭蕉叶子就伸到你的面前，有一张单人床那么大，厚绿的叶面滚动着水珠，像一面镜子，又像一面大旗。我忽然想起古人说的蕉叶题诗，这么大的叶子，何止题诗？简直可以泼墨作画了。又记起李清照的芭蕉词：“窗前谁种芭蕉树？阴满中庭。阴满中庭。叶叶心心，舒卷有余情。”三亚市处北纬18度，正是亚热带与热带之交，这里的植物无不现出能量的饱满与过剩。椰子、槟榔、枇杷通体光溜溜的，有三层楼那么高，一出土就往天上钻，直到树顶才伸出几片叶子，扫着蓝天。树上常年挂着青色的果实。我们走过树下，当地农民熟练地赤脚爬上树梢，用脚踩下几个篮球大的椰子。我喝着清凉的椰子水，想着此刻北京正被雾锁霾埋的同胞，心生惭愧，有一种不能共患难的负罪感。路边的菠萝蜜树更奇，金黄色的袋形果子不是长在叶下或细枝上，而是直接挂在粗壮的主干上，有的悬在半腰，有的离地只有几寸，像一群正在捉

作者在海南采访赋诗："写罢青山与绿水，一支彩笔墙外挂，路人不识试手摸，原是含苞芭蕉花。"

迷藏的孩子。北方秀气一点的人家常会养一盆名"滴水观音"的绿植，摆在客厅里引以为豪。而这里满山都是"观音"，一片叶子就有一人多高，两臂之宽。我背靠绿叶照了一张相，那才叫自豪呢——你就是一个国王，身后是高高的绿色仪仗。她在这里也不用"滴水观音"这个娇滴滴的名字，当地人就直呼为"海芋"。还有一种旅人蕉，一人多高的叶管里永是贮满了水，旅行的人随时可以取用。虽是冬季，也误不了花的怒放，仍是一个五彩的世界。红色、紫色、雪青色的三角梅在路两旁编成密密的花墙。大叶朱蕉一身朱红，教你分不清是花朵还是叶子。三层楼高的火焰树在各种厚重浓绿的草树簇拥下，向天空喷吐着红色的火焰。

我看着这些美景激动不已，激动之余又是忌妒。我身在曹营心在汉，一花一叶都牵动我的北方神经，联想到此刻北京的雾霾，想起我那些可怜的北方同胞。这真是太不公平了，同样是人，难道北方人就该去承受寒冷、大漠、风沙、雾霾吗？我想起二十年前一个真实的故事。西北某省一个青年团干部，第一次走出家乡来到深圳（他还没有像我这样过海上岛呢），大呼南方原来是这样的啊！一跺脚，永不再回自己的家乡。我们且不要骂他背叛，生态，生态，生存之态，谁不想生存在一个好的状态下呢。

正当我忌妒上帝对这里的垂青，羡慕他们的幸运时，一件事让我心境陡转。开完了会，我脱离了大部队，开始了我一个人的找树之旅，希望能找到一棵有亚热带特点，附载有海南人文历史的古树，好收入我的“人文古树”系列。午饭前我来到陵水县，说明来意。县委麦书记说：“我刚来两个月，还不熟悉乡情。不知有没有你要找的树。但两个小时前，这里非法砍倒了两棵大腰果树，我正为这事生气。”说着，他打开手机，给我看砍树现场，还有他当时发出的工作微信指令：“速到现场，立即查办！”我说：“为什么要砍？”“借口清理卫生，整理村容”。腰果，漆树科，原产巴西南纬10度以内地区。它的果实，我只在超市里小包装的食品袋里吃到过，而且大都标明是进口食品。至于腰果树，我走遍祖国南北，甚至别的许多国家，到现在也没能见过是什么样。我苦苦寻找的人文古树还没有找到，却碰到两棵被随意腰斩的稀有的腰果。连日来我对海岛的美丽印象，顿时成了一堆破碎的泡沫。翠绿的芭蕉叶、鲜艳的火焰花后面竟然藏着锋利的刀斧。有朋自远方来，碰到这种事，不亦尴尬乎？这顿饭谁也吃不进心里。饭后，我提议再到现场看一下，因下午要赶火车去海口，放下筷子便急急上路。大约一个小时的车程，路两边仍然是椰子、芭蕉、三角梅，但我的心头已一片冰凉。

一片山芋叶子就有一人高

在一个叫高土村的村口，路边横躺着两棵刚被放倒的大树，像两个受伤倒地的壮汉。我验了一下伤口，是先被锯子锯，快断时又一推而倒的，断处还连着撕裂的树皮，似乎还能听到它痛苦的呼喊。树梢被甩到远处的一个水塘旁，树身约有两房之高。同来的林业厅王副厅长大呼："哎呀，这两棵稀有的腰果树是上世纪国家为扭转油料短缺，从巴西引进的，算来至少有三四十年了。"我蹲下身来，用手轻轻抚摸着断茬，还有一点湿气，并散发出淡淡的木香。那一圈圈的年轮，像是在诉说它成长的艰难，和十几个小时前的厄运。它从南纬10度横跨赤道，来到北纬18度；从美洲远涉重洋来到亚洲。它是我们请来的客人，它负有传递新的生命，传播地域文化，输送资源，改善生态的使命。它在这块陌生的土地上好不容易扎下了根生活了几十年。它已习惯了这里的阳光，这里的雨水，他像一个远嫁他乡，皮肤黝黑，牙齿雪白的巴西女郎，正惊喜地打量着自己的新居，突然五雷轰顶，天旋地转，灾难从天而降。我悲从心来，一阵恐怖。回头打量了一下周边的环境，光天化日，并不像一处杀人越货的野猪林。村民也不知道什么叫森林法，只是木木地说，这树没有什么用，所以就砍掉了。就在几十米开外的地方有一处温泉，水面上飘着一团团的热气，衬着蕉叶、椰林，婷婷袅袅，宛若仙境。我上前用手试了一下水温，足有90度以上，游人常在这里煮鸡蛋吃。而水下的沙子、石粒清晰可见。完了，完了，温泉映月，名木在岸，又一处永远消失了的美景，永远消失了的乡愁！回程的路上，谁也不想说话，车子里一片沉闷。我问王副厅长："一棵腰果树正常寿命有多长？"答曰："因是引进树种，还正在生长之中，它在国外可活到700岁。"如此算来，这树正当少年。一棵代表着一个时代、一项国策的树就这样瞬间消失了。树殇啊，国树之殇，国策之殇！

第二天上午，我原定在省里有一场关于新闻文化的讲座，主人坚持改为森林文化。我当记者几十年，骨子里却是个林业发烧友，半生爱树，所经历的树事无数，讲座不敢当，讲几个故事还是有的。我说，一个地方，树木的保护不是靠上面的一道命令，要靠当地的文化自觉，应该有三道防线。一是法律，国家意识；二是乡规民约，集体约束；

作者在海南陵水县被砍腰果树现场

伸手摸一摸伤口处，还有一点湿气

三是民间信仰，自觉践行。我在江西曾采访碰到一个杀猪护树的故事。一个村民不小心，清明节上坟烧纸时燃着了集体的树林，村里就按规矩将他家的肥猪杀掉，按照全村的户数，分为若干等分，开村民大会，每户分得一份，并讲明杀猪分肉的原因，以示教育。这是乡规民约，在当地已有几百年的传统。我的家乡，有一座柏树山，山上有北岳大帝黄飞虎的庙，庙中塑有大帝神像，并地狱轮回的故事。每年庙会人杂，或林边农人耕田，时有毁树。于是主事者就在庙门上以北岳大帝的口吻刻一对联：“伐我林木我无言，要汝性命汝难逃”，以后就再也没有人敢折一枝一叶。这是假神道设教，也已有上百年的历史。不要简单地说它是迷信，这是一种信仰，一种生态信仰、自然信仰，敬天悯人。而叫百姓爱树莫若领导先行。黑龙江有一爱树的县委书记，一次他的车过林区，见一树被人折断，便急令停车，与随从人员齐下车脱帽，高喊向树致哀。我记不清这天讲座时讲了多少个故事，最后说到我的亲历。我大学一毕业就被分配在西北的一个沙漠边缘工作，那里没有几棵树，沙窝里的一点红柳、沙枣，芨芨草、骆驼刺，就能唤起我们心底的微笑。早晨学校里的孩子们没有水洗脸，站成一排，老师拿一小碗水，含在口里，顺着孩子的脸喷一遍，各人用手一抹，就算洗了脸。也许你笑他们不文明？但文明要有条件，你砍树却是有了条件丢了文明。那地方没有热带雨林的雨，没有能题诗的芭蕉叶。不要说种树，春天农民种子落地后就仰天望雨。一次省委书记主持常委会，外面突然落下了雨，他甩开会议人众，推开门，在院里大喊："下雨了，下雨了！"也许你们说这样一个高干不该失态，但你们不知道什么叫缺水？什么叫干旱？到现在你们也体会不到，就在我们开会的同时，北京的机关职员，长安街上的行人，正在雾霾中无奈地挣扎，而这几天巴黎的气候大会上，习近平总书记正代表中国为世界生态苦苦谈判。你们身在福中不知福，身边有树就砍树。不知道这树是为地球村造氧气调生态的，是为国家保存文化的，为家乡留一点乡愁的。我承认那天我是有点激动，有点失态。

会后主人为放松情绪，请我去一个香会馆喝茶。香是沉香木的香，茶具桌椅是海南黄花梨，这两件东西都与树有关，都是世界同类中的极品，一克沉香比一克黄金还要贵。而黄花梨是红木家具中的王冠。按照香道流程，主人像新疆人吃大盘鸡那样，将一大盘各种碎块的香料放到桌上，然后用一个特制小刀小心地刮下一点粉末，置于台湾特产的加热杯上，让客人托于鼻下静品其香，数秒后再换一口气。据说在大城市里进一次香吧，要花上万元。主人用一个小显微镜教我们辨识香的真假好坏。好香在镜下显出银子般的细微结晶。这香是一种叫白木香的树因意外所伤，如人砍、虫咬、风折，在特定气候条件下分泌出的一种保护液，经年累月一点点地积累，就像动物体内的名贵药品牛黄、狗宝，像溶洞里的钟乳石，可遇而不可求。世界上最珍贵的是时间，而这沉香与花梨都是时间的凝聚。海南黄花梨又是世界花梨之最，贵在它树心的“格”，一棵树要到三四十年后才开始有“格”，“格”再长到一指之粗约要70年。人类之残忍，就是摘取“格”，这一块花梨树的心头肉，来制奢侈品的。我在景区的一个商店里看到一根比拇指略粗的海南黄花梨拐杖，价值57800元。不管“香”也好，“格”也好，都是时光的累积，我们在这里喝茶一杯，闻香几秒，忠诚的树木却要无言地在深山老林中，为我们修行上百年。人们多知品香用木的尊贵，而不知树生于世的艰难，与它对人类的忠诚。人们大谈香文化、红木文化，却忘了树文化、生态文化，舍其源而求其流。

作者身后是一片珍贵的青皮林，生长于海滩与山地的过渡带。全球只有海南省和澳大利亚各有一小片保存

值得欣喜的是，四个月后，被砍腰果树的根部已长出了新芽

正品着香，喝着茶，有谁说大厅里的电视开了，正直播今天处理砍树事件的新闻。我们一涌而出，只见昨天我去过的现场，两棵卧倒在地的树旁，一群人有森林警察，有村民，有干部，正一起低头向倒树致哀，然后依法办事，将肇事人带走拘留。接着是一篇电视评论，号召在全岛开

展爱树、护树，寻找人文古树的活动。大家一时都高兴地跳了起来，以茶代酒，互相庆贺，几个年轻人还唱起了歌。突然有谁提议，我们何不现在就用手机上“面对面”的快捷办法，建一个微信群，名字就叫“我们的树”。于是在经历了这几天的树殇之痛后，在树香的氛围中，我们结下了这一段奇特的树缘，回京后“我们的树”成了一个沟通南北，爱树、护树，寻找人文古树的工作平台。

沙枣树

沙枣树

别名银柳，香柳，桂香柳，七里香

沙枣树属落叶乔木或乔木，高5–10米，枝条有刺，呈红棕色。单叶互生，具银白色纤细的柄；叶片薄纸质，长圆状披针形，长3–7cm，宽1–1.3cm，基部楔形，全缘，顶端钝尖或钝形，上面幼时具银白色圆形鳞片，后部分脱落，下面灰白色，密被银白色鳞片，有光泽。花瓣为金黄色。密被银白色鳞片，芳香；果椭圆形，长2–3cm，直径1–1.5cm，粉红色或深红色，密被银白色鳞片，果肉粉质，乳白或淡黄色。花期在5–7月份，果期8–10月。生于山地、平原、沙滩、荒漠，栽培或野生。

采访时间：2015年11月29日至12月1日

采访地点：内蒙古巴彦淖尔市（原临河县）

首　　发：《光明日报》2016年4月15日

难忘沙枣

四十多年了，我总忘不了沙枣。它是农田与沙漠交错地带特有的树种，研究黄河沙地和周边的生态不能不研究沙枣。

记得我刚从北京来到河套时就对沙枣这种树感到奇怪。1968 年冬我大学毕业后分到内蒙古临河县，头一年在大队劳动锻炼。我们住的房子旁是一条公路，路边长着两排很密的灌木丛，也不知道叫什么名字。第二年春天，柳树开始透出了绿色，接着杨树也发出了新叶，但这两排灌木却没有一点表示。我想大概早已干死了，也不去管它。

后来不知不觉中这灌木丛发绿了，叶很小，灰绿色，较厚，有刺，并不显眼，我想大概就是这么一种树吧，也并不十分注意。只是在每天上井台担水时，注意别让它的刺钩着我的袖子。

6 月初，我们劳动回来，天气很热，大家就在门前空场上吃饭，这时隐隐约约飘来一种花香。我一下就想起在香山脚下夹道的丁香，一种清香醉人的感受。但我知道这里是没有丁香树的。到晚上，月照窗纸，更是香浸草屋满地霜。当时很不解其因。

第二天傍晚我又去担水，照旧注意别让枣刺挂着胳膊，啊，

1969 年，作者在内蒙古临河县农村锻炼

原来香味是从这里发出的。真想不到这么不起眼的树丛里却发出这么醉人的香味。从此，我开始注意沙枣。

认识的深化还是第二年春天。4 月下旬我参加了县里的一期党校学习班。党校院里有很大的一片沙枣林，房前屋后也都是沙枣树。学习直到 6 月 9 日才结束。这段时间正是沙枣发芽抽叶、开花吐香的时期。我仔细地观察了它的全过程。

沙枣，首先是它的外表极不惹人注意，叶虽绿但不是葱绿，而是灰绿；花虽黄，但不是深黄、金黄，而是淡黄；个头很小，连一般梅花的一个花瓣大都没有。它的幼枝在冬天时灰色，发干，春天灰绿，其粗干却无论冬夏都是古铜色。总之，色彩是极不鲜艳引人的，但是它却有极浓的香味。我一下想到鲁迅说过的，牛吃进去的是草，挤出来的是奶，它就这样悄悄地为人送着暗香。当时曾写了一首小词记录了自己的感受：

干枝有刺，
叶小花开迟。
沙埋根，风打枝，
却将暗香袭人急。

1972 年秋天，我已调到报社，到杭锦后旗的太荣大队去采访，又一次看到了沙枣的壮观。

这个大队紧靠乌兰布赫大沙漠，为了防止风沙的侵蚀，大队专门成立了一个林业队，造林围沙。十几年来，他们沿着沙漠的边缘造起了一条 20 多里长的沙枣林带，沙枣林带的后面又是柳、杨、榆等其他树的林带，再后才是果木和农田。我去时已是秋后，阴历十月了。沙枣已经开始落叶，只有那些没有被风刮落的果实还稀疏地缀在树上，有的鲜红鲜红，有的没有变过来，还是原来的青绿，形状也有滚圆的和椭圆的两种。我们摘着吃了一些，面而涩，倒也有它自己的味道，小孩子们是不会放过它的。当地人把它打下来当饲料喂猪。在这里，我才第一次感觉到了它的实用价值。

2010 年 7 月，近 40 年后重回河套。由于风沙已被成功治理，黄河周边已很难看到沙枣

首先，长长的沙枣林带锁住了咆哮的黄沙。你看那浩浩的沙海波峰起伏，但一到沙枣林前就止步不前了。沙浪先是凶猛地冲到树前，打在树干上，但是它立即被撞个粉碎，又被风卷回去几尺远，这样，在树带下就形成了一个几尺宽的无沙通道，像有一个无形的磁场挡着，沙总是不能越过。而高大的沙枣树带着一种威慑力量巍然屹立在沙海边上，迎着风发出豪壮的呼叫。沙枣能防风治沙，这是它最大的用处。

沙枣有顽强的生命力。一是抗旱力强，无论怎样干旱，只要插下苗子，就会茁壮生长，虽不水嫩可爱，但顽强不死，直到长大；二是能自卫，它的枝条上长着尖尖的刺，动物不能伤它，人也不能随便攀折它。正因为这点，沙枣林还常被用来在房前屋后当墙围，栽在院子里护院，在地边护田；三是它能抗盐碱。它的根扎在白色的盐碱土上，枝却那样红，叶却那样绿，我想大概正是从地下吸入了白色的盐碱变成了红色的枝和绿色的叶吧。因为有这些优点，它在严酷的环境里照样能茁壮地生长。

过去我以为沙枣是灌木。在这里我才发现沙枣是乔木，它可以长得很高大。那沙海前的林带，就像一巨人挽手站成的队列，那古铜色的粗干多么像男人健康的臂膀。我采访的林业队长是一个近60岁的老人。20多年来一直在栽树。花白的头发，脸上深而密的皱纹，古铜色的脸膛，粗大的双手，我一下就联想到，他像一株成年的沙枣，年年月月在这里和风沙作战，保护着千万顷的庄稼不受风沙之害。质朴、顽强、吃苦耐劳，这些可贵的品质就通过他那双满是老茧的手在育苗时注入到沙枣秧里，通过他那双深沉的眼睛在期待中注入到沙枣那红色的树干上。

不是人像沙枣，是沙枣像人。

隔过年，阴历端午节时，我到离沙地稍远一点的一个村子里采访。这个地方几乎家家房前屋后都是沙枣，就像成都平原上一丛竹林一户人家。过去我以为沙枣总是临沙傍碱而居，其叶总是小而灰，色调总是暗而旧。但在这里，沙枣依水而长，一片葱绿，最大一片叶子也居然有一指之长，是我过去看到的三倍之大。清风摇曳，碧光闪烁，居然也不亚于婀娜的杨柳，加上它特有的香味，使人心旷神怡。沙枣，原来也是很秀气的。它也能给人以美，能上能下，能文能武，能防沙，能抗暴，也能依水梳妆，绕檐护荫，接天蔽日，迎风送香。多美的沙枣！

那年冬季，我移居到县城中学来住。这个校园其实就是一个沙枣园。一进校门，大道两旁便是一片密密的沙枣林。初夏时节，每天上下班，特别是晚饭后、黄昏时，或皓月初升的时候，那沁人的香味便四处蒸起，八方袭来，飘飘漫漫，流溢不绝，让人陶醉。这时，我就感到万物都融化在这清香中，充盈于宇宙间。

宋人咏梅有一名句："暗香浮动月黄昏"，其实，这句移来写沙枣何尝不可？这浮动着的暗香是整个初夏河套平原的标志。沙枣飘香过后，接着而来的就是八百里平原上仲夏的麦香，初秋的菜香，仲秋的玉米香和晚秋糖菜的甜香。

沙枣花香，香飘四季，四十多年了还一直飘在我的心里。

世纪大地震，地裂穿古柳。一树为两半，独木
成双偶。忍痛相扶持，含泪抚伤口。根断须还
在，树劈身不朽。胸前旧疤痕，枝头新叶稠。
谈笑说旧事，脚下清泉流，不觉已百年，一团绿云
秀。柔枝缠地裂，新绿染田畴。
丙申夏月　于下苑村　梁衡

作者手绘百年震柳

百年震柳

地震能摧毁一座山，却不能折断一株柳。

约在百年前，1920 年 12 月 16 日晚 8 时，在宁夏海原县发生了一场全球最大的地震，震级 8.5，裂度 12，死 28 万人，震波绕地球两圈，余震三年不绝，史称环球大地震。这远远大于后来我国 1976 年的唐山大地震和 2008 年的汶川大地震。虽已过去近百年，海原大地震仍然是全球地震界说不完的话题。

1920 年的中国，民国初立，军阀混战，天下大乱。贫穷落后的西北忽又遭此奇祸。是年秋，海原的小气候突然变好。田野丰收，谷物满仓，梨子硕大无比，直把枝条压得喘不过气来。而树上秋果未落，春花又开，灿若白雪。当人们正惊异于天降祥瑞之时，进到 12 月却怪象频频。群狼夜嚎，畜不归圈。平日里温顺服帖的家狗瞪眼、炸毛，疯狂地咬人。天边黑烟滚滚，地心雷声隐隐。深夜里山民静卧窑洞，望见远山红光罩顶，又闻炕下的土层深处，有如撕布裂木之声，令人毛骨悚然，惊为魔鬼作祟。

到 16 日晚 8 时，忽风暴大起，四野尘霾，大地开始颤动，如有巨怪在土下钻行。霎时山移、地裂、河断、城陷。黄土高原经这一抖，如骨牌倒地，土块横飞。老百姓惊呼：“山走了！”有整座山滑行三四公里者，最大滑坡面积竟毗连三县，达 2000 平方公里。山一倒就瞬间塞河成湖，形成无数的大小“海子”。地震中心原有一大盐湖，为西北重要之产盐地。湖底突然鼓起一道滚动的陡坎，如有人在湖下推行，竟滴水不漏地将整个湖面向北移了一公里，被称之为“滚湖”。至于道路断裂，田埂错位，村庄塌陷等，随处可见。所有的地标都被扭曲、翻腾得面目全非。

这些被破坏的还都是些非生命之物，而受灾最重的是人，有生命的人。当地百姓一向生活苦寒，平日居住全靠依山挖洞为窑。这种既无梁木支撑，又无砖石为基的土窑，大地轻轻一抖就轰然垮塌，整村、整寨、一沟、一坡的人，瞬间就被深埋黄土之中，如意大利庞贝古城之灾。水灾之患，还可见尸；火灾之患，还可寻骨；而地震之灾人影全无。所谓“死者伏尸于黄土之中，无骨可葬；生者蛉居于露天之下，无家可归”。震中的海原县有人口十二三万，粗略统计就死了七万余人。有一户人家正在为过世老人做周年祭，请来亲朋30多人，全数被捂在土中。震后常有孑遗者指某处说：“这里埋我全家。”整个震区在多少年后才大略统计得死亡人数约28万人。至今，这仍是全球史上死亡人数最多之天灾。当时的甘肃省长给大总统徐世昌的十万火急电报说：“人心惶恐几如世界末日将至，所遗灾民，无衣、无食、无住，游离惨状目不忍见，耳不忍闻”。但北洋政府也只是以大总统的名义，捐一万大洋了事。

海原大地震实是因地球的印度洋版块与太平洋版块相互挤压所致，与近年来的汶川大地震同出一因。在这条地震带上有两个巨人一直在扛着膀子，艰难地较劲。这种相持，大约千年左右就会打破一次平衡，两身相错，大地轻轻一抖。有案可查，1982年国家地震局曾在当地开深槽验土，探得6000年来，在海原地区这两个版块就有6次因较劲失手而引发地震。第一、二次大约在5000年前，第三次在2600年前，第四次在1900多年前，第五次在1000年前，第六次即海原大地震，在100年前。不要小看两个板块轻轻一擦，世界就几死几活，如同末日降临。

远的没有记载，就说百年前的这一次，大地瞬间裂开一条237公里长的大缝，横贯甘肃、陕西、宁夏。裂缝如闪电过野，利刃破竹，见山裂山，见水断水，将城池村庄一劈两半，庄禾田畴撕为碎片。当这条闪电穿过海原县的一条山谷时，谷中正有一片旺盛的柳树，它照样噼噼啪啪，一路撕了下去。但是没有想到，这些柔枝弱柳，虽被摇得东倒西歪，断枝拔根，却没有气绝身死。狂震之后，有一棵虽被撕为两半，但又挺起身子，顽强地活了下来，至今仍屹立在空谷之中。

为了寻找这棵树，我从北京飞到银川，又坐汽车颠簸了 4 个多小时，终于在一个深山沟里找到了它。这条沟名哨马营，一听这个名字，就知道是古代的屯兵之所。宋夏时，这里是两国的边界。明代时，因沟里有水，士兵在这里饮马，又栽了许多柳树供拴马藏兵。后几经更迭，这里成了一个小山庄，住着 5 户人家，过着被外界遗忘的桃源生活。直到 1981 年由中国、美国、加拿大、法国组成的联合考查队，沿着 237 公里长的地震裂缝徒步考查时才发现了它。我们从县城出发，车子在大山的肚子里翻上翻下，左拐右折，沿途几乎没有看到人家，偶有几座扶贫搬迁后留下的废院子，散落在梁峁沟坎之中。坡上大多是退耕后的林地，树苗很小还遮不住黄土。可想百年之前，这里更是怎样的荒凉寂寞。正当我心头一片落寞之时，身下的沟里闪出一团翠绿，车头一拐，驶入谷底。行到路尽之处，眼前的一棵大柳树挡住了去路。原来这条路就是专为它修的。

这就是那棵有名的震柳。它身高膀阔，蹲在那里足有一座小楼那么大。枝叶茂盛繁密，纵横交错，遮住了半道山沟。难怪我们在山顶上时就看见这里有一团绿云。沟的尽头依稀还有几棵古柳。脚下有一股清泉静静地淌过，湿润着这道沟。几头黄牛正低头吃草，看见来人，好奇地摆动尾巴，瞪大眼睛。这真是一个世外桃源。欲问百年事，深山访古柳。但我不知道这株柳，该称它是一棵还两棵。它同根、同干，同样的树纹，头上还枝叶连理。但地震已经将它从下一撕为二，现两半个树中间可穿行一人。而每一半，也都有合抱之粗了。人老看脸，树老看皮。经过百年岁月的煎熬，这树皮已如老人的皮肤，粗糙、多皱，青筋暴突。纹路之宽可容进一指，东奔西突，似去又回，一如黄土高原上的千沟万壑。这棵树已经有500年，就是说地震之时它已是400岁的高龄，而大难后至今又过了100岁。

看过树皮，再看树干的开裂部分，真让你心惊肉跳。平常，一根木头的断开是用锯子来锯，无论横、竖、斜，从哪个方向切入，那剖面上的年轮图案都幻化无穷，美不胜收。以至于木纹装饰成了我们生活中不可或缺的风景，木纹之美也成了生命之美的象征。但是现在，面对树心我找不到一丝的年轮。如同五马分尸，地裂闪过，先是将树的老根嘎嘎嘣嘣地扯断，又从下往上扭裂、撕剥树皮，然后再将树心的木质部分撕肝裂肺，横扯竖揪，惨不忍睹。正如鲁迅所说，悲剧就是将人生有价值的东西撕裂给人看。你看，这一棵曾在明代拴过战马，清代为商旅送行，民国时相伴农夫耕作的德高望重的古柳，瞬间就被撕得纷纷扬扬，枝断叶残。天灾无情，世界末日。

但是这棵树并没有死。地震揪断了它的根，却拔不尽它的须；撕裂了它的躯干，却扯不断它的连理枝。灾难过后，它又慢慢地挺了过来。百年来，在这人迹罕至的桃源深处，阳光暖暖地抚慰着它的身子，细雨轻轻地冲洗着它的伤口，它自身分泌着汁液，小心地自疗自养，生骨长肉。它就是那27万亡灵的转世再生。百年的疤痕，早已演化成许多起伏不平的条、块、洞、沟、瘤，像一块凝固的岩石，为我们定格了一个难忘的岁月。我稍一闭目，还能听到雷鸣电闪，山摇地动。

柳树这个树种很怪。论性格，它是偏于柔弱一面的，枝条柔韧，婀娜多姿，多生水边。所以柳树常被人作了多情的象征。唐人有折柳相送的习俗，取其情如柳丝，依依不舍。贺知章把柳比作窈窕的美人："碧玉妆成一树高，万条垂下绿丝绦。不知细叶谁裁出，二月春风似剪刀。"但在关键时刻，这个弱女子却能以柔克刚，表现出特别的顽强。

西北的气候寒冷干旱，是足够恶劣的了，它却能常年扎根于此。在北国的黄土地上，柳树是春天发芽最早，秋天落叶最迟的树，它尽力给大地最多的绿色。当年左宗棠进军西北，别的树不要，却单选中这弱柳与大军同行。“新栽杨柳三千里，引得春风度玉关。”柳树有一种特殊的本领，遇土即根，有水就长，干旱时就休息，苦熬着等待天雨，但绝不会轻生去死。它的根系特别发达，能在地下给自己铺造一个庞大的供水系统，远远地延伸开去，捕捉哪怕一丝丝的水汽。它木性软，常用来做案板，刀剁而不裂；枝性柔，立于行道旁，风吹而不折。它有极强的适应性，适于各种水土、气候，也能适应突如其来的灾难。美哉大柳，在人如女，至坚至柔；伟哉大柳，在地如水，无处不有。唯我大柳，大难不死，百代千秋。

我想，那海原大地震，震波绕地球三圈，移山填河，夺去 27 万人的生命，为什么单单留下这一株裂而不死的古柳？肯定是要对后人说点什么。地震最常见的遗址是倒塌的房屋，错裂的山体和沉默的堰塞湖。但那都是些无生命之物，只能苦着脸向人们展示过去的灾难。而这株灾后之柳却不同，它是一个活着的生命，以过来人的身份向我们宣示，战胜灾难唯有坚守。一百年了，它站在这里，敞开胸怀袒露着伤痕；又举起双臂，摇动青枝。它在说：活着多么美好，这个世界上没有什么能够扼杀生命。地球还照样转动。

我出了沟口翻上山头，再回望那株百年震柳，已看不清它那被裂为两半的树身，只见一团浓浓的绿云。一百年前，在这里地震撕裂了一棵树；一百年后，这棵树化作一团绿色的云，缝合了地缝，抚平了地球的伤口。我知道县里已经建了地震博物馆，有文字，有图片，但是最生动的，莫如就在这里建一座“震柳人文森林公园”，再种它一沟的新柳。震柳不倒，精神绵长，塞上江南，绿风浩荡。这不只是一幅风景的画图，更是一座活着的博物馆，一本历史教科书。

最后的一片原始森林

像一场战争突然结束，2014 年林区宣布了禁伐令，喧闹伐木场顿时门前冷落车马稀。在打扫战场时，人们意外地发现了一个角落，因为山陡沟深，人迹罕至，竟为我们留下了一片原始林，一个原生态。其令人惊喜不亚于忽然登上一个外星球。

2016 年 6 月 30 日我有缘造访了这最后的一片原始林。

早晨8时，从黑龙江绥棱县出发，车行两个多小时来到一个叫“五一森林经营所”的地方。你一听这个名字，就知道是红色年代大开发的痕迹。在名为“鸡爪沟”的这一带沟壑中，分布着大大小小的伐木场，大都名“五一”、“七一”、“十一”等。以政治的名义向自然进军，讨伐森林。而这块林子竟能在锯齿斧刃间留存了下来，真是万幸。

我们在这里换上迷彩服、长筒靴，每人一把伞。虽然天正降大雨，还是义无反顾地向林地进发。先是沿着一条牛车老路前行，车辙中积了一尺多深的雨水，泥中泡着黑色的牛粪。辙印边长着茂密的车前子，这是一种中药，利水通便，专喜在车轮轧过的地方生长，所以名“车前子”。虽然头上有雨伞挡雨，但路边齐腰深的蒿草挂满水珠，几下就把腰身裤腿刷得湿透。我们踩着稀泥、牛粪，深一脚浅一脚地向黑森林前进，不一会儿就消失在茫茫林海中。

正走着，忽然听见右边不远处有哗哗的流水声，领路的刘局长说这是一条河，要不要钻过去看一看，但是没有路。我说水是山的魂，哪能不看？因为林子太密，只好收起伞，任雨水洗面，踩着朽木、草墩，钻过横七竖八的灌木。忽然眼前一亮，一条溪流从山上奔腾而下。我问这水的名字，说是叫“跳石溪”，这种原汁原味的命名，类似前面说的“鸡爪沟”。就是说水面上满是大大小小的石头，你可以像小鹿一样，一直踏着石头跳到河的源头。汉字之造词极有讲究，同为流动之水，江、河、溪就大有不同。溪一定是弯曲的，不规则的，水量偏小的，又有一点野味的流水。眼前这条溪流无法与我见过的任何一条流水相比较，因为他没有留下一丝人类活动的痕迹。首先，你不知它来自何方？仰望山顶只见远远近近的山、层层叠叠的树、朦朦胧胧的雨，半山一道歪歪斜斜的激流，跌跌撞撞地碰着那些大大小小、圆圆滚滚的石头，或炸起雪白的浪花，或绕行成一条飘飘的哈达。遇有平缓之处时，就蓄成一汪小潭，碧玉如镜，清澈照人。因为是在峡谷之中，经过千年万年的冲刷，这些石头无论大小，一律呈圆形：滚园、椭圆、扁圆、平圆。你远远望去一沟漂亮的弧线，纵横交错，相叠相绕，任是毕加索转世也结构不出这样的图画。我站在“跳石”上，眺望着空濛中的山树，还有那来自天上的水，不知是穿越到了何处。

虽然有“跳石溪”但我还是不能跳着上山，那样将误了水以外的风景。我们退回老林，雨时停时下，云忽开忽合，大家就举着手机、相机抓紧时间照相采景。

人类虽然早已进入现代文明，但是总忘不了找寻原始。这是因为它，一是大自然的原点，可由此研究自然界的进化，包括人类自己；二是人类走出蛮荒的出发的起点，是生命的源头，我们有必要回望一下走过的来路。判断一个地方是不是够原始，一个简单的办法就是看有没有人的痕迹。从纯自然的角度来说，人的创造是对自然的一种干扰和玷污。比如庐山上、西湖边的那许多诗词、题刻，在自然女神看来无异于公园里常见到的废纸、烟头。所以探险家总是去寻找那些还没有人文污染过的地方。没有人来过，无路；奇景第一次示人，无名；前人没有留下诗文，无文。今天我们进入的正是这种“三无”之境，只有你与自然在悄悄地私语。我曾登过泰山，千百年来人们争着到那个离天最近的地方去与天对话，岱峰顶上刻满了诗词文章，出游其间倒像是去开一个热闹的讨论会，七嘴八舌，耳根总不能清静。而现在雨打树叶，空谷鸟鸣，小径明灭，时见草虫。我的心一下落入了一片空灵。

虽是来看原始森林，但先要说一说这里的石头。

石头的年龄自然比树更古老，而且是因为有了这些遍野的石头，才拦住了伐木者的手脚，为我们留下了这片林子。国内最有名的石景是云南的石林，那是一片秀气的石柱。还有我写过的贵州天星桥，那是喀斯特地貌特有的精巧。而这里的石头一律是巨大坚硬的花岗岩，浑圆沉稳，高大挺拔，无不迸放着野性。大约亿万年前，这里是一片海底，所以石的分布无一定规则，或独立威坐，或双门对峙，或三五相聚，或隔岸呼唤，各具其态。外形也或如狮、虎、鹰、犬，各得其妙。好像是在有生物世界之前，上帝先用石头在这里试做了一个草图。

我虽不忍以文字去亵渎自然，但为了叙述的方便，还是不得不给几处奇景暂取一个名字，请读者看后收回。这一处可名“巨舰出海”，一块酷似军舰的大石，上宽下窄，头尖肚圆，高昂着头，正分开密密的丛林，在绿海中破浪穿行。这巨石睥睨一切，它骄傲地宣布，我就是这里的主人，是这里的保护者。林子所以还能保持现在这个原始的样子是它们老石家的功劳。还有一处石景，我叫它“双剑问天”。这是两片薄如一纸，却有一楼之高的巨石，像一副刚出鞘的双剑，不知从何年何月起被弃置于此。你看它立于红松白桦之间，剑头向天，直指苍穹。最奇的是这两把平行的大剑，中间只有一拳之隔，其间蓝天一线，白云飞渡，你不能不叹天工之妙。就算是石器时代的遗物，又是何人能打造这样大，这样尖，这样薄，这样成双成对的利剑？又是什么力量能将它直立于此。看着这道细缝，你会想起“白驹过隙”这个词，时间的流逝就像一匹白马从一道缝隙间一跃而过。李白说，“光阴者百代之过客。”我拍剑问天，林间何时初有剑，石剑何时共树生？这石缝中不知流走了尘世间的多少光阴。林外岁月林中剑，人自匆匆剑无声。山门外曾有多少次的改朝换代、你夺我争、硝烟战火，还有那响彻云天的伐木声，都被这无声的双剑挡在了门外。

现在要说一说这些在乱石头间争荣竞秀草木了。在山口处，我看见一棵被放倒的红松，有两抱之粗，应是当年试伐的痕迹。它横躺在地上整整地压住了一面坡，老刘说倒在这里至少也有10年了。这个林业局是1948年成立的，比建国还要早，到上世纪90年代林场就开始出现资源枯竭，水土流失。只有这片林子是个例外，人们叩不动这个山门。红松、冷杉、大青杨、水曲柳、胡桃楸、黄菠萝等参天大树遮蔽着头上的天空，而榛子、山葡萄、山丁子、稠李子、蓝莓等杂灌草盖沟压坡，如毡如毯，人行林中如在科幻影片中。

脚下最值得一说的是蕨类、苔藓等地被植物。这是整个林区的大地毯，是森林里所有生命湿润润的温床。蕨草每一枝都长着七八片叶，而每个叶片都像剪纸或者木刻，不求线条的流动，却有刀刻石印般的凝重，况且它与恐龙同一个时代，在这林子里资格最老。这样老的物种却有鲜嫩碧绿的色彩，在幽暗的老林中如一束发光的宝石花。说到苔藓，我小时不知见过多少，不过也就是雨后地上的一层绿毛。后来在南方热带雨林中见过更浓密、更鲜艳的，将石头裹成一块碧玉。在内蒙古林区见过大团生长的，颜色发暗的苔藓，那是驯鹿特有的饲料。而这里的苔藓因环境潮湿土壤肥沃，却长成了根根细草，又织成密密一片，他们就叫它苔草。它生在地上、树上、石上，绿染着整个世界，不留一点空白。最让人感动的是它的慈祥，它小心地包裹着每一根已失去生命的枯木。那些直立的、斜依的、平躺于地的大小树干，虽然内里已经空朽，你轻轻一碰就是一个洞，但经它一打扮，都仍保持着生命尊严。绿苔与枯树正在悄然作着生命的转换。而巨石的最高处有一种特别的苔草，据说口含一根即可治愈男人最怕的前列腺炎。而榛子、蓝莓、蘑菇、野葡萄等拥着树根，挂满树枝，伸手可及，你正走在一个童话世界中。

老林子中最美的还是大树，特别是那些与石共生的大树。有一棵树，我叫它“一木穿石”，我们平常说“水滴石穿”，可是有谁真的见过一滴水穿透了一块石头？现在，我却见到了一棵树，一棵活着的树，硬是生插在一块整石之上，像一颗刚射入石中的炮弹，光光溜溜的还没有爆炸；又像一枚仰面向天正待发射的火箭，膀粗腰圆，霸气十足。我只看了一眼就被惊呆了，拔不开脚步，时空骤然凝固。这是一棵红松，当初也许是一粒种子，落在石板上，靠着老林中的湿气慢慢地发芽，但它命运不济，一出生就躺在这个光溜溜的石床上。它的须根向四周摸索，拳握住一点点沙尘，然后蛰伏在石面的稍凹之处，聚积水分，酝酿能量。松树有这个本事，它的根能分泌一种酸液，一点一点地润湿和软化石块。成语“相濡以沫”是说两条鱼，以沫相濡，求生命的延续。而这棵红松种子却是以它生命的汁液，去濡润一块没有生命的石头，终于感动了顽石，让出了一个小小的空间。它赶紧扎下了一条须根，然后继续濡石、挖洞、找缝，周而复始，终于在顽石上树起了一面生命的大纛。现在这棵红松的胸径有 40 公分，一个小脸盆那么大，不算很粗。但是专家说，他已经有 90 年以上的树龄。要是用一个高速摄影机把这首生命进行曲拍了下来，再用慢速回放，那是怎样地震撼人心。

如果说刚才的那棵树有男性的阳刚之烈，下面这棵便有女性的阴柔之美。它生在一根窄长的条石上，两条主根只能紧抓着条石的边缘向左右延伸，然后托起中间的树身，全树就成了一个丁字形，一个标准的体操“一字马”。远远看去就像一个女子，正在腾空飞杠或者在平地上放叉。那两条主根是她修长的双腿，树干是她妙漫的身躯，挺胸拔背，平视前方。这是我第一次看到一棵树的根与身子长得一般的粗细，一样的匀称，一样的美丽。在南方热带雨林中我见过如乱麻般的气根；在华北平原上，我见过老槐树下块状的疙瘩根；却从来还没有见过这样决绝而又从容地在条石上匍匐而行的苗条的松树根。已分不清，它是树贴在石上的根，还是石上鼓起的一道棱。我怀疑它们的分子早已相互渗透，相混相溶。这树身里分明已经注入石质的坚硬，却又划出这样柔美的弧线，好一个“悠谷美人”。

有一棵合抱之树，我暂名为“长龙过峡”。两块巨石相距十多米远，不知为什么它先以根抓住右边之石，然后腾空一跃，又搭在左边的石头上，再仰头一声长吟，冲向蓝天。在这片原始森林中，几乎每一棵参天巨木，都是这样惊心动魄，有声有色，又悄然不惊地活着。他们或抓住一块圆石，如老鹰抓小鸡一般，用利爪紧紧的箍住它；或用大片的根包紧一块方石，就像用包袱皮裹东西一样整整齐齐，有时还会故意露出一小块石面，像是开了一扇小窗户。总之，树先用根俘获一块石，然后脚踏实地，迈向蓝天。在原始林中看树绝不会有人工林的单调，因为有太多的天然元素让它能做出无尽的排列组合，向人们贡献出任何艺术家都不可能完成的天工之美。这些树到底在做着一种什么样的追求？达尔文说：“生物有一种内在的倾向，他在朝着进步和更完善的方向发展。”生命这个东西总是在拼搏、砥砺、奋斗中才能擦出火花，才能体现它的价值。其实我们人类，也在时时追求这种完善。

在林中穿行了约 3 个小时，雨停了，阳光穿过红松、冷杉和大青杨的枝条，洒在湿漉漉的草地上，幻化出奇幻无穷的美。我们就这样在绿色的时间隧道里穿行，见证了大自然怎样在一片顽石上诞生了生命。它先以苔草、蕨类铺床，以灌木蓄水遮风，孵化出高大的乔木林，就成了动物直至我们人类的摇篮。这时再回看那艘石头巨舰，是泰坦尼克号？是哥伦布的船？还是郑和下西洋时的遗物？都不是，它是圣经上说的方舟，是佛经上说的前世。它沉静地停在这里，是特别要告诉我们，假如没有人的干扰地球是什么样子，大自然是什么样子，我们曾经的家是什么样子。恩格斯说，人类对自然的每一次胜利，都会得到报复。正好相反，当年我们屈从了这片原始林，现在它给我们友好的回报，留下了一面大镜子，照出了人类文明的进程。以铜为镜可正之衣冠；以史为镜，可知朝代之兴替；以这片原始林为镜，可知生命、人类和地球的兴替。现在我们有了海洋考古，如果发现了一点沉船上的瓷片、铜钱，就惊为奇宝。怎么就没有想到来这林中来考一考未有人之前的洪荒大地呢。这至少会让我们减少对地球这条小船的折腾，减缓它的下沉。

我下山时，看见沿途正在修复早年林区运木材的小火车路，不为伐木，是准备开展原始森林游。

2016 年 7 月 1 日采访

2016 年 10 月 12 日《人民日报》发表

西北有枣王，一千四百年，唐宋元明清，历历在眼前。果红万盏灯，叶绿千重伞。黄河日夜流，枣林绕炊烟。二〇一七年春节之时
梁衡 诗并画

作者手绘枣树王

中国枣王

一

中国是个红枣的国度，占世界红枣产量的98%。世界红枣看中国，中国红枣看陕北，陕北有个红枣王。

这个王不是自封的，是经联合国正式加冕的。迄今，联合国粮农组织共评定出世界农业遗产地36处，中国佳县即是其中之一。但不是稻麦杂粮，而是红枣。正式的桂冠是：“全球重要农业遗产体系·中国佳县古枣园”。

佳县有个小村，名泥河沟，村前有座枣园，内有300年以上的枣树336株，其中3株已逾千年，更有一株被确认为1400年，高8米，要三人合抱，这就是我们要说的枣王。

今年8月我慕名去朝见枣王。正当盛夏，北京酷暑难熬。而泥河沟却浓荫盖野，绿风荡漾。小村前临黄河，后靠群山。一条小支流从深山中蜿蜒而出，临入黄河之时顾盼生辉，绕了六个小弯。每个弯中都揽着数户人家，组成了一个村落，这就是泥河沟村。村前，滔滔黄河奔流而去，岸边起伏的金色山崖点缀着油绿的枣林，黄绿交替，明暗生辉。更远处千沟万壑，奔来眼底，万木葱茏。这里便是枣王的王宫所在。背黄土高原之绿树兮，面大河奔腾之涛声。

枣王雍容大度，体态庞大，主干短粗，拔地而起，如堡垒镇地。由于年深久远，树身由下向上开裂成数股，或宽或窄，都向左绕旋而上，力如拉丝、缠绳。树身上的纹路跌宕起伏，如虎豹、如断崖、如乱云。枣木本来就是暗红色的，树皮撕裂后炸出的细毛，或卷或竖，怒发冲冠。枣王就是一头红毛狮子，卧于园中，不言自重，威风凛凛。令我们这些只不过数十年“人”龄的、细皮嫩肉的高级动物顿生几分敬畏。而主干之上，又顺左旋之势连发出三根大枝，都有水桶之粗。连卷带拧，裹着青枝绿叶，呼啸着向蓝天探去。树下 30 多亩的枣林全是它的臣民，前呼后拥，枝繁叶茂，也都在数百年以上。但无论多老的树，在阳光下一律闪烁着油亮的叶片，垂挂着沉甸甸的枣子。这时从河面上吹过来一阵轻风，奔腾往复舞于林下，飘举升降，摇枝弄叶，哗哗作响。快哉，大王之风。

一棵枣树的根可扎到方圆百米之外，任你多么贫瘠、干旱的土地，它都能像雷达扫描一样，搜取石缝、土层中的那一点点的营养、水分。30 年前我当记者时采访过一个枣树研究所，他们在树根下挖了一个很深的剖面，装上玻璃幕墙，观察枣树的生长。那细如蛛网的根系，天罗地网，连观察者都被网入其中。现在，我背依枣王，脚踏大地，想象着这千年古枣园下，该是怎样的一个网络世界。

我第二次去泥河沟，正好是九九重阳节的那一天，秋高气爽。看万山红遍，星星点灯，落枣满地，如红毯迎宾。真的，毫不夸张，主人见有客来，先提一把扫帚，就像冬季扫雪一样扫开落枣，为客人清出一条路来。我来到枣王身下，摘一颗红枣细品着它酸甜绵长的味道，像是咀嚼着一部史书。1400 年了，它守候在这里，记录着自然和人世的变化。就这样一年一熟，薪火相继，不避风雨。用它的年轮，用它的果实，周而复始地向人们传递着自然和社会的遗传密码。

而当我们踏着红枣铺就的地毯登山一望时，风景又与八月来时大不相同。红枣烂漫，黄河东去。人道是天下黄河九十九道弯，而现在每个弯子的崖缝里都填满了正在晾晒的红枣。大河起舞，红绸飘动，织来绕去。好一幅黄河枣熟图，一派王者之气。

二

枣树性坚、木硬、根深、果红，其品质几近完美。由于它是由野生酸枣进化而来，所以还保留了极强的野外生存能力。北方的果树，如桃、李、杏、梨、苹果等，遇有寒冷的年份都会冻死，而枣树却从未有闻。寒冷的冬夜，在枣树下常可听到噼啪的冻裂声，它皮可裂、枝可断，但就是不死。它的木质自带红色，硬而有光泽，制作家具或雕刻工艺品，效果绝佳。小时，我的家乡，村里人常用它做炕沿。人们每天上炕下炕，一副祖传几代的炕沿，蹬坐蹭摸，像红缎子一样闪闪发亮，那是主人家身份的象征。再配上雪白的窗纸、鲜红的窗花、热气腾腾的炉灶，还有炕上的大花被、小炕桌，一幅典型的北方窑洞图。

枣树从不占用正规农田，它艰难、倔强地长于沟底塄畔、坡边悬崖。为了自卫，它浑身长刺。枣树身形不直且多裂纹，它不怕风折、雨淋、畜啃，小外伤反而刺激生长。收获时，有枣无枣三竿子。业界称为：“体无完肤，枝无尺直。浑身有伤，遍体新枝。”若论外表，它既没有松柏的挺拔，也没有杨柳的柔美。但这种不平、不直，虬曲勾连，浑身是刺，貌不惊人的树却很内秀。它干生嫩枝，枝生“枣股”，股生“枣吊”，渐柔渐美。你单看这一尺来长的枣吊，她柔嫩得简直就是楚王宫里的细腰女子。真不敢相信这是从百年、千年老树上发出的新枝。“枣吊”两边互生着如美人瓜子脸式的叶片。叶面厚实，油绿如翡翠，背面有三道纹线，如美女画眉。这样梳洗打扮一番后，她才开始静心育枣。一到秋季，每个“枣吊”上都会吊着三五颗圆滚滚的果实。像一串串的红灯笼，满山遍野，迎风摇曳。

三

黄河是中华母亲河，红枣就是母亲项链上的宝石。中国原生红枣的分布带基本上是沿着黄河两岸的走向。甘肃、宁夏、陕西、山西、河南、山东，直到入海。当地老百姓说，枣树一听不到黄河的涛声就不好好结枣了。专家解释，是近岸土质适宜，河谷水分恰好。而最宜之处，是黄河中段的晋陕峡谷；晋陕之段，又以沿黄河 82 公里的佳县一段为好。所以枣王上下求索，最后终落户于此。

据史料记载，在陕北一带，三千年前人们就开始种植枣树。古人从野生酸枣中不断地选育优化。繁体汉字的“ 棗”，就是“棘”字的上下变形。可见枣树本为草莽出身，是从荆棘丛中一步步走来。泥河沟周边的山洼里至今仍有许多高大的酸枣树。有几株已 600 年以上。离枣园五里处，有一个名“酸枣塌”的地方，竟有一座人工栽培的古酸枣园。“塌”者，陕北特有地貌，指山地向黄河边的过渡。园中 176 棵老酸枣树都已百年以上，合抱之粗。果实有将近山楂那么大。我从来还没有见过这么大、这么甜的酸枣。后带了一把回京，食者惊为神果。因风味独特，籽可入药，它的价格反而是红枣的 10 倍。

我在佳县上高寨乡还访到一株更老的酸枣树，已有 1300 年，数丈之高，要两人合抱，应是枣王先祖的另一分支，有如类人猿。让人吃惊的是，它秀丽挺拔，树皮细腻，浑身布满平整美丽的网纹，似已修炼成精。树下有巨石，石上多洞，常有白蛇出没。不知从何年起，这树下就有了一座庙，当地人视之为神，年年祭拜。要知道，一般多年生的酸枣，也就只有筷子粗细，而它却成合抱之木。真是山中有佳树，路远人不知，独自在这里默默地为自然、为人类保存着品种基因。由此也可推知，这枣王谱系之纯正，血统之高贵。连《同仁堂志》都有记载:“葭（佳）州大红枣，入药治百病”。由酸到甜，由酸枣到红枣，枣树家族相伴人类走过了多么漫长的路程。现在而这份遗产全部集枣王于一身，备案于联合国了。

红枣经世代选育优化，已成各色百态。有水分大的鲜枣，有肉厚的干枣；有小如指肚的蜜枣，有大过一寸的骏枣。小时我家乡的集市上，农民卖枣不带秤，而是腰里掖一把尺子。有人要买时，就将红枣摆于地上，抽尺一量，七颗一尺。你说，要五尺还是一丈？以此来显示枣的个头之大。玩得就这种气派，这个红火。山西黄河边有枣，上小下大，形如茶壶，就名壶瓶枣。宁夏黄河边有一种枣，又大又圆又光，极像一个红色的乒乓球。可当地老乡不这么叫，而名之曰“驴粪蛋”。现在的红枣到底有多少个品种，一般人已很难说清。

四

如果说黄河是民族的乳汁，红枣就是老百姓的干粮。枣树向来有铁杆庄稼之称。春蚕到死丝方尽，枣树千年亦结果。而且它常会给你一个惊喜。不管多老的树，都会突然从粗干糙皮上发出一根嫩条，或在离主根的远处钻出一株小苗，当年就能挂果。民谣：“桃三杏四梨五年，枣树当年就还钱”。言其诚恳、勤劳，如山中老农。

枣树好像天生就是为穷人准备的一道生命防线。无论怎样地天打雷轰、风狂雨骤、雪霜加身，红枣从不会绝收。它是如此巧妙地适应了自然。它的花期长达一月有余，东方不亮西方亮，有足够的时间受粉坐果，同时还为蜜蜂提供了最多的打工机会。这在其他果树是几乎没有的。再者枣子熟时，已收罢麦子，既不与粮争劳力，又躲过了雨季。它又最善储存。当丰年时，可蒸为枣馍、枣糕；婚嫁时撒到炕上、被窝里，寓早生贵子，为农家生活增加喜庆。而当年景不好时，可晒干磨成枣面，救荒度灾。专家考证，秦始皇统一六国时，红枣就作为军粮从军行了。李自成起兵它也曾助一臂之力。远的不说，1947 年，毛泽东转战陕北，住佳县，缺少军粮。老百姓拿出了全部坚壁清野的存粮，这其中就有相当数量的红枣炒面。那天，也是九九重阳这个日子，毛泽东正饿着肚子熬夜工作。房东无他，掀开门帘，送来一碗红枣。第二天，警卫员收拾房间。小炕桌上一堆烟头，一堆枣核，还有一篇瀚墨淋漓的雄文《中国人民解放军宣言》。这在《毛泽东年谱》中有载。改朝换代，拥军佑民，这红枣是立了大功的。当地的红枣专家说，你看这枣，花是金黄色的，呈五角形；果是鲜红色的，红得如血。这不就是共和国国旗的元素吗？它应该选为国树。

历史翻过了一页，现在当然不会以枣代粮充饥了。但它在黄河两岸飘起了千里红绸，随大河上下，起舞不休，红遍了半个中国。红枣已经成了一道旅游的风景，也成了游人心中的中国符号。

所以，联合国就在这个风景最佳处封了一个枣王。

采访时间 2016 年 8 月、10 月

《人民日报》2016 年 11 月 23 日发表

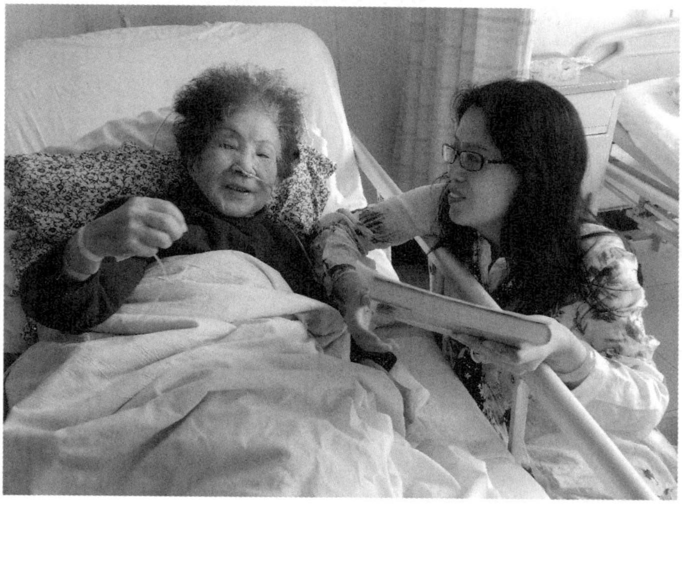

上图　王效英的樟子松

下图　王效英在病床上接受采访

王效英樟子松

上篇：看见绿色就想起了你

自从在大西北的那次相见，你的形象，不，你所代表的一种信念，便植入我的脑海，像夜空里的一颗星，时时在闪光。这是一种思想，一种意志，一种思索，一种信息。只要一有绿色这个媒介，她便会释放出来，叫我心里翻腾不已。

我见到你是在招待所里采访时。你敲门进来，坐在沙发上。你已五十岁年纪，皮肤黧黑，手背上青筋突起，脸上也已爬上皱纹。我脑际本装着你传闻中的英姿，你动人的歌声，爽朗的笑语。我心里一顿，没有想到你会是这个样子。你对我笑笑，坐在沙发里，等我先问话。窗外绿柳红花。

你开始叙述往事，双眸中重又闪出青春的火花。1950 年，你随军进疆时还是一个十八岁的姑娘。炎热的麦收时节，你在南疆的农场里，在维吾尔族老乡的杏树下看场。在这夏日沙子能烤熟大饼的西北，绿荫比金子还宝贵。你心里萌生起一个念头，学林业去，要让绿色染满戈壁。毕业后你来到石河子，这一片黄沙之野，正是涂抹绿色的最广阔的天地。报到的第一天，这里还没有房子，晚上你就睡在工棚厨房的大锅台上。白天你扛着标杆去测量，去规划。冬天，没膝的深雪将鞋子、裤脚冻成一个冰壳；春天，风沙开始在你秀气的脸上冲磨皱纹；夏天，烈日开始将你嫩白的皮肤晒红，晒黑。你这位水乡姑娘，执着地追求着自己的理想。

当地没有合适的绿化树种，你横跨半个中国，到东北深山里去寻找。白天打树籽，晚上在招待所里搓籽皮。树籽还湿，你带在火车上，走一站，风干一点，搓一点，两只手搓红了，搓肿了。籽皮、荚壳从列车窗口飘出，一路撒去。有这样的出差者吗？啊，难怪你有这双青筋暴突的手。绿色是生命的象征，生命需要人去培育。现在这个戈壁新城已拥有200多种，154万株树，城外还有30公里长的林带，生命之缘已战胜了荒漠的死寂。但是，你的青春年华已无可奈何地悄悄退去。不过，她不是消失在灯红酒绿中，不是消失在大城市的菜市场上，不是消失在小家庭的热炕头上。你挺立在戈壁滩上，将青春的信息，溶进雨，抛向风，化作了一座绿城。窗外柳丝织帘、白杨遮阴。

你在沙发上坐着，明眸中闪着火花，浑身披满风尘，好一座坚毅的塑像。不知为什么自从我离开西北之后，无论走到哪里，只要一见到绿色，就想起了你，想起那天见面的情景，想起那天你说的话。我在想，绿色，难怪人们用她来表示生命。

大凡有生命之物，总会有什么东西要来对她进行一点折磨。要成长，就有压制；要生存，就有毁灭。只有战胜了这些，才会有生命。正当你用红肿的手从兴安岭采回的树籽，靠瘦小的腰身从天山上扛来的树苗，已在这戈壁滩上发芽、生根，漾出一片绿云时，空前的文化大革命运动开始了。极左者认为栽树是为了打扮城市（他们当然不懂什么生态学），爱打扮就是资产阶级。这些树当然在“革”之列。好可怜的树苗啊，她们像刚断奶的孩子，身子骨还弱，胳膊腿还细。平日里还要靠你起早贪黑地遮风挡雪。可现在，几天内便一起惨死在斧锯之下。她们没有一点的抵抗力啊，任人砍剁，根露枝弃。你躲在家里不忍看这个场面。

一天晚上，一个好心的老园林工给你送来一车树枝：“队长，你辛苦了这么多年，树都给人家砍光了。我给你送把烧火柴吧。”你冲出门外一头扑在车上，哭成个泪人。你不让卸车，你不忍心烧这些青枝绿叶，你半天爬不起来。孩子过来拉你，问你：“妈妈，何必这样伤心。”你说：“你哪里知道，这树和你一样，都是妈心头的肉。”昨天，我采访时听人给我讲你的这段故事，我忍不住流下眼泪，泪珠滴在采访本里。这以后，有人说你疯了，像祥林嫂那样到处奔走，见人就说：“还我的苗圃，还我的小树。”林业队解散了，你被调到工厂，调到副业队，但你的心没有走，你还是见人就说：“还我的苗圃，我要回去。”满城人都同情你啊，你那一下子就瘦了一圈的脸庞，那颤抖的声音，那青筋暴突的手背，那已流不出泪的眼睛。

但你终于挺过来了。生命总是“野火烧不尽，春风吹又生”，苗圃终于要回来了，林业队恢复了，一切从头开始。你又挺起胸到天山上去挖树，到兴安岭去采种。那天我到苗圃参观时，放眼又是一片绿烟。新绿啊，满园关不住的新绿。但有一棵樟子松很特殊，很高，孤立着，树皮糙裂，枝挺如盖，已有几分苍色。阴差阳错，它是那次“革命”中唯一的幸免者。它是你1960年从东北带回的第一批树种。我在树下站了很久，你也站了很久。我不再问什么，你也不再说什么。这树下的沉默，深深地嵌入了我的记忆。此后，无论走到哪里，只要一见到绿树，不管是路边的青杨，或村前古槐，或河边翠柳，我都会想起这棵松树，和在松下站着的你。我想，一棵树的生命难道只是叶，是枝？人的生命难道只是血，是肉。树和人一样，也有希望，有信念，有意志。

女性，总是和母爱联在一起。但你心里只有树，你的时间全让树占去了。由于采种、育苗季节的关系，你长年出差，总是将孩子托与别人照顾。那天，林业队的一位大婶告诉我：“你的孩子直到十几岁了，还在叫她妈妈，而把你当作阿姨。”。你十八岁就离开家的，是偷着报名参军，跳上汽车就走的。当母亲追来送行时，你站在飞奔的卡车上，透过烟尘，只依稀看到了一个老母拭泪的影子。几十年了，你没有回家。几乎年年春季出差归来，车过宝鸡，你遥望秦岭那边，心想老母这时又在依门盼女呢。但怀抱里的树种又正是播种期，硬硬心，不下车，又回到了住地。就这样，一年一年，一次一次。戈壁上的土绿了，石河子街上的树高了，母亲的头发白了。终于老母等不及了。我去采访时正赶上她千里迢迢前来寻你。她本想痛骂你一顿的啊，这个无情女！但是，她走在街头看着这满城的绿色，她原谅了你。绿色如水润万物，绿色含情暖人心 。

绿不像红那样热，不像蓝那样冷，她柔和美好，给人安静，教人思索。你让我知道，这柔情之色，是有铁石心肠、牺牲精神的人生产出来的。这树木的绿是用人的火红青春转化而来的。从那以后，我每见到绿色，不由就想起了你，想你是怎样用泪水、汗水、深情地去调制这深深的绿。去用绿色去洇染千里黄沙戈壁。

在我的采访生涯中，不知遇到过多少个人物，但只有你这样常常让我忆起。天涯何处无绿色，每一片绿叶里都有你。

1983年10月记于石河子

下篇：35年后的补记

以上是我在35年前第一次去新疆采访时写的一篇文章。那里土地广袤，雪山、戈壁、沙漠，更需要绿色。35年来，我一直记挂着那里的生态，也记挂着造林英雄王效英。特别是在我开始了“人文森林”专题创作后，更想知道王效英和她的树的近况。因为我有一套书在新疆人民出版社出版，内中也收了写她的这篇文章。我就请他们打听一下。这套书的制作者胥玉英，专门开车从乌鲁木齐到石河子去看望老人。她已病重，躺在医院里。胥代我在病床前做了补充采访。

王效英，1950年10月，从四川成都应征入伍。1952年8月入新疆八一农学院林学系学习。1956年8月毕业后到石河子造林养路队任技术员。1957年—1960年，她先后四次只身一人往返黑龙江、吉林、辽宁三省收集林木种子，进行良种引进驯化工作。1960年任造林养路队队长。“文革”开始，树毁人散，被下放公社劳动，至1982年才重回绿化处，一直为石河子的绿化奋斗到1992退休。她曾先后两次获得全国绿化劳动模范，被授予全国三八红旗手。在自治区和兵团内也获得众多荣誉。她和她的战友们共为石河子栽种了1000多万株树木。而全兵团到2017年底，林地面积已达三千万亩。森林覆盖率19%。80%农田林网化。林果收入与粮棉平分秋色。这在风沙、严寒、酷暑肆虐的大西北，是多么伟大的奇迹。

万里之遥，我们接通了电话，老人声音“喑哑”，我顿觉岁月沧桑，不免黯然神伤。一个朝气蓬勃的18岁的兵团女兵，变成了一个躺在病床上的老人，她用自己的青春和生命染绿了这片沙土地。在整个兵团、整个大西北有多少个王效英啊。我问起“文革”劫难中幸存的那棵樟子松，她说在全市大绿化活动中它早移出苗圃，即现在的军垦博物馆前北三路斑马线以南的第5棵树。我惊异于她的记忆力，一个85岁的又是躺在医院里的老人，还这样清楚地记着一棵树。那树真是她的孩子。

我托胥玉英看过老人后再去看一下那棵树，并拍一张照。她说那棵树除了稍高一点也没有什么特殊处，在望不到头的林带中，真的是一棵极普通的树。

2017年7月

毛楝树

毛　楝

又名：小六谷、车梁木

山茱萸科，楝木属

落叶乔木，高6–15米；树皮厚，黑褐色，纵裂而又横裂成块状；幼枝对生，绿色，略有棱角，密被贴生灰白色短柔毛，老后黄绿色，无毛。顶端开花，白色聚伞形花序。开花5–6月，果实含油可达27%–38%。木材坚硬，纹理细密、美观，可作家具、车辆、农具等用；叶和树皮可提制栲胶，又可作为“四旁”绿化和水土保持树种。

分布辽宁、河北、山西南部以及华东、华中、华南、西南各省区。

这里有一座古树养老院

万物平等，物竞天择。树有生的权利，也有生存的能力。只要有土、有水、有阳光，树木就生长，就繁衍。专家说每一平方米土壤中就有上万粒植物的种子，每一棵树下能共生 150 种植物。它们为大地所厚爱，为雨露所滋润，在阳光下成长。

但是树却常为人所抛弃。本来人类是从森林中走来，森林是人的家。遗憾的是，正如社会上有对老人的虐待，也有对老树、古树的遗弃。所幸，爱心不绝，在我对古树的探访中，竟意外地发现了一处古树养老院。园子的主人叫王相泽，是烟台市莱山区的一名企业家。他生在农村，小时家有大树，粗如圆桌，绿荫满院。那是童年最美好的记忆，也种下了永远的爱树情结。他大慈大悲，爱吾老以及树之老，企业稍有余钱便开始收养古树。

作者手持皂角与主人在皂角树下

那天在园子里，我边走边听他讲救死扶伤收养古树的故事。18 年前的一天，他到外地出差，车子在公路上走，远处正在开山取石，山上隐隐有树。他就绕路来到山下，一棵从未见过的大树有合抱之粗，满树白花，灿若霜雪，屹立于石崖之畔。那粗壮的老根如老人青筋暴突的手指，正顽强地插入石缝，抓住每一处可借力存身的石块。但是脚下炮声隆隆，烟尘已经淹上树身，窒息着它的绿叶白花。眼看就要地动山摇，扑身倒地。此地名黄巢关，据传当年黄巢起义曾驻兵于此，还在树上拴过马。王相泽上去说："反正你们要开山，这棵树也存不住了，不如卖给我。"结果他花了6000元把树带回了家。后来一查，是棵毛梾树，山茱萸科，果可榨油，木质极硬，传说孔子周游列国时就用这树做车梁，所以又名车梁木。现在这棵老树就舒舒服服地挺立在园中的一个小坡上，正时交6月，序属初夏，满树白花笑得十分灿烂。老王收树有几条规矩。一不收山上野生的大树，二不收正常生长的树，三不收小树。反正一个原则：不干预树的正常生活。他只扶孤助老，做绿色慈善。

人总是看重现实的物质利益，而树却不同，它除了供人物质享受外还帮人记录历史、寄托精神。可惜我们目光太浅，只讲实用，对树用之则植，不用则弃。园中有一棵柿子树十分惹眼，浑身堆满大大小小的疙瘩，像一个长满老年斑的老人。它来自陕西，树上的瘤体是一种病，主人早已将它遗弃。老王收来后仔细调理，现在树头已发出五尺长的新枝，去年又重新结果，挂满了一树的红灯笼。疙瘩树身倒显得更加古拙可爱。在园子里我看到一棵刚移来的老槐，根下一抔新土，通身还缠着保湿的薄膜，但是树顶已绽出嫩绿的新枝。老王说："附近有个社区正在改造，我4年前就盯上这棵树了，15

作者在毛梾树下

米高，通体溜直，这在刺槐中实在少见。你看，刚到，还没挂牌呢。”这园中的每一棵树都有一块身份牌，注明树名、科属、树龄、何年何月移自何处。王相泽的爱树之心早已超出市界、省界，名声在外，于是常有热心人来给他通报树情。一次某司机告诉他某村有遗弃之树，他急去察访。只见一处院内有两棵300年的老紫薇，墙颓草长，满目荒凉。一棵已经枯死，还有一棵也被垃圾埋到半腰，奄奄一息。经辨认树下废弃的井台上的刻字，知道这是一处高家的旧祠堂。但现在村里已无一人姓高，高家祖上早不知迁居何处。他找到村委会，谈好3000元的价格。他人和树还未离村，就听见村主任在大喇叭上喊话：“各家派人到村委会来领钱，每户10元。”这真是物有其值，所见不同。紫薇，又名百日红。干粉白，叶翠绿，花朵繁密，娇红明艳，百日不谢，向为名花奇树。现在这棵紫薇成了老王的镇园之宝，每有客来必领至树下，奇树共欣赏，花好相与析。

在园中看树是一道风景，听老王讲育树经更是一种享受。他说移树最怕露根透气，所以每移之时必先将树根蘸满泥沙各半的糊浆，再小心培土。对有的树则要在外围斩根一次，如是三年，为的是刺激新根的生长。别人移大树要剃树冠，他却尽量不剃，免伤元气。他指给我看两行对比的樱花树，那剃过头的竟十年不长，愈来愈瘦。但柳树移栽时则必须剃头。那年他从福建漳州买得两棵大榕树，时已入冬，车进山东界已飘起小雪。到家后他急挖一暖窖暂埋，唯留少许枝叶透气，又放进一个电热器加热，一过年就为它建了个20米高的保温大棚。现在这榕树气根如林，枝繁叶茂，一派南国风光。

我一生不知看过多少天然林、人工林、植物园，但还从未见过这样一座古树养老院。园内约有500多棵古树，有来自河南的乌桕、安徽的黄连、山西的皂角、陕西的苦楝、山东的木瓜……每棵树都是一本大书，在诉说着不同的经历。有一棵古槐交了钱正要拉树走人，老太太追了出来，说当年孙女有病，是在这树下烧香救命的，死活不放树走。有一棵树运来时在半路上受到刁难，他去找当地领导说情，这位领导反大受教育，下令加速绿化，保护古树，老树再不得出境。凡来到这里的树或因修路，或因城建，或因兄弟分家，或因迁坟，各有各的故事。它们虽然都是被逼无奈，远走他乡，但来时都不忘随身带了自己的身份证——年轮，这是数百年来的活记录啊，是一部中国生态史、文化史。老王爱树，但并不小气。区里要建一座 3000 亩的大植物园，老王说，没有古树算什么植物园，顶多是个大苗圃。他张口就捐出了 108 棵古树。他爱吾园以及人之园，要让树文化普及，让更多的人爱树。

这个园子，我头天去了一次没有看够。第二天又去了一次，用手摸，用身子抱，用脸贴。我想如果黄巢地下有知，那迁居远走的高家有知，那些分家卖树的弟兄有悟，那些扩城砍树的主政者们醒来，都能到这个园子里来走一走，他们一定会感恩老王在遥远的地方为他们本乡本族存了绵绵一脉。我能体会到老王对树的那一种爱。

作者手绘银杏树

采访时间：

第一次 2011 年 11 月 6 日

第二次 2012 年春

第三次 2012 年 8 月

采访地点：山东日照市莒县

参考书：

《莒文化与中华文明》 苏兆庆编　中国社会科学出版社

《莒城史话》 刘树芬、周笑通编　山东地图出版社

《师哲自述》师哲　人民出版社

《陈毅诗词选集》 人民文学出版社

《毛泽东年谱》 中央文献出版社

华表之木老银杏

一

天安门前的华表庄严华丽。其演变过程颇有深意。在古代，最早是公众场合的大立木，民众有什么意见都可刻之于上，称为“谤木”；后来立于通衢及邮驿之处有指路之意；再后来立于皇城外，上卧神兽，有监督王命和政事之意。总之，立一木而观天下，伸正义，明是非，鞭腐恶。公器在上，宏大庄严，关乎天下社稷。但这毕竟是一个静止的非生命之物。如果能在中国大地上找到一个有生命的华表，一株活的巨木，千年不倒，风雨无阻，静静地记善恶、写青史，那该多好。很庆幸，我们找到了，这就是山东莒县浮来山上的春秋老银杏树。

银杏，又名白果，被称为植物的活化石，树中的熊猫。因生长缓慢，又名公孙树，意即爷爷种树孙子收获。树分雌雄，雄者无果，伟岸高大，身壮干直，如壮士擎天；雌者产果，树形肥硕，四枝收拢，如健妇在野。果可熟食，如银色的巧克力球；叶为扇形，深秋变黄，可入药。我小时这种树还很稀罕，难得一见，现在作为经济作物和美化树木南北都有种植。

我是按照自定的人文古树标准，纵向看，其事必为纪录历史的里程碑；横向看，其貌必为本地区的一个地标。我在全国比较了不下100棵的银杏树之后，终于选定莒县这棵春秋老银杏的。它有四奇。

一是树龄之老，距今已三千多年。其树最低的几根大横枝，离地一人多高。由于三千多年地心的引力，滚圆的枝干竟被引拉成扁平的带状，侧垂着像一个个伸长的骆驼脖子。这是其他树所从未见到过的。过去当地人有病，常来暗取一片作为神药。现已作为文物严加保护。一般古树龄的推算主要靠相关记载和旁证。清《嘉庆莒州志》记载此树为春秋所植，当时就已有十余围之粗，从根到梢无一枯枝败叶。人行树下无不摩挲有爱，不忍离去。《左传》记载公元前715年鲁莒两国就曾在此会盟。现树下还有一碑专记此事，可证其老。

二是树形之大。树坐落在一座庙里。这个庙不大，顺山势分为三进，第一进是主院，老银杏独自占了整个院子，倒把佛殿挤到了一边。要进庙先要爬几十级的台阶。当你站在坡下仰望庙门时，门里不见墙、不见殿、不见人。塞满一座山门的就是一棵树，不，只是树身的一截。等到拾级而上，渐人入院中，树落平地，天呐，这哪里是一棵树，就是一座山，一座层峦叠嶂，沟壑纵横，上下奔走的山脉。这银杏因为年深日久，树身早已不是我们想象的一整棵躯干，它矗立于地已分化成数股或粗或细的身杆，被风雨打磨成铁石之色。横出左右，相互扭曲、交错、攀绕，成沟成崖，陡峭崎岖。多年来，雨水顺沟壕蜿蜒渗流，如河川经地。树上尘落土埋，鸟窝鼠洞，又生出许多杂草、小树、松鼠等二代三代的生命，莽莽然一座十万大山。庙里存有一块刻石，上书“象山树”三个大字。意为树大如山，年代已不可考。这个“树山”上生树已是常事。1959年（中共庐山会议那年），工作人员从半空的老树杈上发现一株银杏落果后的自生小苗，便双手捧下来，栽到院东几十米处，现在也长得要两人合抱了。冥冥中这棵树倒记录了中共党史上的一件大事。而现在那棵挺拔的合抱之木也成了彭德怀元帅当年犯颜直谏，耿直为民的象征，常引来游客合影。在后院，还有两棵唐代的子树，至于庙前庙后风吹籽落而成的小苗，又不知几多。母树早已空心，我们已无法去探数它的年轮。民间传说树围有“七搂十八扎”，后来实测胸围15.7米，树高26.7米，树冠遮阴八百多平方米。从高、大、老各方面来说，都是国内之最了。

三是色彩之美。我第一次慕名来看银杏，是在一个秋季。离山还有四五里远，就望见远处的天空一片灿烂。黄透了的树叶层层叠叠，在风中像一座隐隐闪现的金山，又像夏收后打谷场上遍布的麦垛。夕阳晚照，流光溢彩。芝麻开门，我们有幸进入到一个奇幻的世界里。凡树木，不都是绿色的吗？即使到了秋季也不可能一夜秋风满树金呀！瞬间就黄得这样没有一丝杂色。但这就是银杏，它是树中之妖、树中之神、树中的一绝。它不停地摇落片片金叶，随风吹送到院子的各个角落里。脚下是一层厚厚的黄绒地毯，实在不忍踩踏。我去时正有一部电影在那里拍外景。而最美的是红色的庙墙，依着山势形成长长短短的折线，树叶顺墙头镶上了一条金色带子，蜿蜒起伏。令人想起名曲广东音乐《金蛇狂舞》。一年最是秋色好，满院皆戴黄金甲。树和庙坐落在一座小山之上。山在庙后轻轻围了一个半圆，遮风御寒；又在南面的树根下暗藏一泉，日夜不歇地吟唱奔流。中国大地历朝都旱灾不断，而这棵银杏树几千年来竟没有一日口渴，美颜常驻。

四是这树的名气大，树上有说不完的故事，而且都是和名人大事相关。毛泽东、蒋介石、陈毅都与树挂上了钩。在这一带生活过的古今名人有诸葛亮、王羲之、颜真卿、杨虎城等。晋代文学批评家刘勰就在这树下的小庙里出家，完成了他的名著《文心雕龙》。而最奇的是，这树常于夜深人静之时，发出浑厚深远的隆隆之声，传之数里，隐隐不绝。如山中狮吼或远处的雷声。科学家解释是树老中空，形成巨大的风洞，风回气旋，有如雷鸣。或许，那正是老银杏叹时感世，或悲或喜的一声声呼唤。因这声音并不定时，许多庙上的香客、外地的游人为能听一次老树自鸣，常在后半夜时分披衣守候树下。于是庙门前，就黑压压、静寂寂，一片望不尽的人群。如同岱顶观日，这银杏发声也遂成一景。我前后三次造访老银杏其实都是为了访这树上的故事。

二

老树讲的第一个故事是“毋忘在莒”。这个成语知道得人不多，其意，类似“卧薪尝胆”。但有一个人对这句话刻骨铭心，他就是蒋介石。蒋败退到台湾后总想反攻大陆，前几年开口闭口都说：“毋忘在莒，毋忘在莒！”并且把反攻的军演代号命名为“莒光”。部队名“莒光部队。”到晚年台独露头，他以国家统一为重，乡愁盖过了旧仇，“毋忘在莒”的含意也渐成“难忘大陆”。时国共双方已在秘密和谈中，蒋的养老定居地也已有眉目。惜“文革”事起，蒋未能“回莒”，终成遗憾。

“毋忘在莒”恐怕是中国最老的一个成语。莒国的存在是公元前一千年左右，那时还没有纸张，秦始皇也还没有统一文字，当时人们写要写这四个字还得用刀刻在木片上。你就知道这个故事，连同这讲故事的老银杏的辈分有多老了，它至少够得上中国最古老的成语之一吧。

在公元前1046年周武王得天下后，首先分封他的两个得力功臣。分姜子牙的家族到齐国，国都于临淄；分自己家的人周公到鲁国，国都曲阜。未有齐、鲁之前这里已有一个小国莒国，国都在现在的莒县。这三国基本占据了现在的山东，比汉末的魏、蜀、吴还早八百多年，就演了一部春秋版的“三国演义”。开初，齐、鲁仍按臣子之礼，友好事周，后来对外用兵争霸，对内阴谋夺权，早不把天子权威放在眼里。什么丑事、坏事都干了出来。公元前686年，齐国正是荒唐无道的襄公掌权，杀了来访的鲁桓公，淫其夫人（此女还是他的同父异母妹），他随意杀戮，臣又反过来弑君，襄公死，国内一团混乱。

当时襄公有两个弟弟正避乱在外，老大公子纠，由他的老师管仲监护着流亡鲁国；弟弟公子小白由老师鲍叔牙监护着流亡莒国。襄公死亡的消息传来，两个人就争着回国去抢班夺权。这鲍叔牙与管仲本来也是好友，但这时都各为其主算尽机关。管仲对纠说，莒国离齐近，鲁国离齐远，这样赶路我们一定会落在后头。不如我率轻骑先行去截杀小白，公子随后赶来。纠点头称是。管仲说罢翻身上马，带数骑急行。约行一日，来到莒国城外的银杏树下。他知这是通往齐都的必经大道，先派人打问是否有人马走过，又细察沿途马迹车痕，判断小白还未经过。便偃旗息鼓，弯弓搭箭设伏于树下。果然，第二天，日上三竿之时一小队人马急急走来。为首坐于高头大马上的正是小白。管仲忙将弓背于身后上前搭话："许久不见，公子可好？这样匆忙，赶往何处？"小白答礼说："父王去世，回国奔丧。"管说："国丧之事，有兄长操办。何劳你做弟弟的远行？"小白一听口气不对，变色道："此话何讲？"管仲虽是文弱书生，但六艺必修的箭法却是娴熟的，乘对方稍一分心，翻身抽弓，白光一闪，一箭早已穿向小白的胸膛。只听对方"哇"地一声，口吐鲜血，落下马来。管仲眼见得手，一声呼啸，撤回去复命。公子纠听得高兴，知政敌已去，一路商议继位之事，向都城慢慢而行。

其实双方在树下斗法时，虽各怀鬼胎，却没有瞒过高高在上的老银杏。时老银杏看管仲弯弓搭箭，正想，你怎么能干这种伤天害理的事？那管仲却对树祷告："今，事急矣！流浪数年，天降良机，成败全在此一举。"谁知老银杏扶正怯邪，不帮管仲却佑小白，那箭"当啷"一声，正好打在小白胸前的带钩上，未伤皮肉。小白何等聪明，顺势咬破舌头，口吐鲜血，装作落马而死。见管仲撤走后，立即吩咐部下加速赶路。

六天后当公子纠一路行到齐国边境之时，临淄城头已经变换成小白的大王旗。向来政治斗争亲骨肉也不半点手软。就像李世民玄武门之变，瞬间亲手杀掉三个兄弟，血腥登位。小白哪能忘了这一箭之仇，又仗着自己是大国，便向鲁国发去命令："纠为我的亲兄，不忍相残。着你们就地代我处死。那个管仲押回齐国，由我来亲自收拾。"管仲一听这话，心里就明白自己不会死了，定是鲍叔牙向小白举荐了他。果然囚车一入齐境，小白就在国门等候，立即拜他为相，并尊称相父。

这管仲是春秋时的第一政治家，兴农业、举渔利，特别是重商业。不消几年齐国就成了春秋一霸，小白也成了史上大名鼎鼎的齐桓公。这时，便是天子也要让他三分了。一次诸侯大会，天子还派使者专门送来了干肉，并且特免他不必下跪受礼。亏了管仲老成，怕遭人忌，在王身后拉了一下衣角："君虽谦，臣不可不敬。"齐王才款步下阶拜受。总之，这时齐国对外俨然是诸侯们的领袖了。齐桓公又最喜听人吹捧，时国内歌颂之声四起，他也更加飘飘然起来。

一天，桓公与鲍叔牙、管仲几位亲近的老臣在一起饮酒。桓公已微熏，便说，我们这么干喝酒，难道你们就不想对寡人祝贺点什么？这时鲍叔牙忙起身再拜："愿我王毋忘在莒。"这一句话，让小白酒醒了一半。他在莒国流浪几年，国内政局不稳，无日不担惊受怕。作为王储的命运，向来是死活未定。他的哥哥不是已经死于他手了吗？至于生活温饱不济，饿时马料也是吃过的。听到这里，桓公起身正色道，齐国能有今天，全赖两位师傅辅佐之功，在莒的日子当永志不忘，寡人将如履薄冰，不忘旧苦，再励图强。又过了些日子，王见管仲年高体衰，便召问："相父之后谁可助我相国？"管仲知他心有所属，便低头不语。王说："当下，我身边有四人最忠。当年逃难的时候，我无意中只说了一句想喝口肉汤，易牙就把自己的孩子烹煮了给我做汤；竖刁为了表示忠心侍奉我，就自阉而当太监；而那个常之巫会测生死祸福，常为我预言未来；还有一个公子开方，虽是魏国的公子却常年追随我。连父亲病故，都没有回去奔丧。这四个人对我可谓忠心耿耿了。”管仲叹了一口气，解释说：“大王可以仔细想想：如果一个人连自己的亲骨肉都可以杀害的话，那么他还害怕杀别人吗？如果一个人连自己的身体都可以自残的话，他难道就不敢去残害大王您吗？人自有吉凶祸福，只要好好修炼自己，自然会善始善终，还用得着别人来测算吗?至于公子开方，父亲死了，都不回去奔丧，这样不孝的人能为国家效忠吗？为齐国计，我请求大王速将这四个人驱逐出去，永不再用。”

齐桓公闻言，果然将易牙、竖刁、常之巫、公子开方打发出宫。但这四个人平常最会拍马屁、抬轿子，总是把桓公伺候得舒舒服服。桓公一天吃不到他们送的美味，看不到他们送来的美女，特别是听不到他们的颂言，就觉得心里空落落的，饭也吃不香，觉也睡不好，这样苦熬了三年。等到管仲死后，他将这四人又招了回来，相伴左右。

也是时来运变，四个人回来的第二年，桓公就卧病在床。易牙、竖刁等见他大势已去，便凶相毕露，堵塞宫门，传令不许任何人进宫，要将他饿死。桓公有气无力，求宫女打开一扇窗户，仰望浮来山方向。他说：“当年我逃亡莒国，颠沛流离之苦能忍；管仲在银杏树下射我一箭，我仍拜他为相，为大业，忘私仇，能忍；在位42年，南北征战，伤痛累累，能忍。想不到今天四个小人设下的陷阱，教我忍无可忍，但又只好咽下这个苦果。枉我英雄一世，阅人无数，现在才明白，能当面说得出最肉麻话的人，必有最奸诈之心，会最伪善之术，是在为自己谋最大之私利。我还有什么面目见管仲于九泉呢？”他就这样遥望着那棵已果实累累的老银杏，在自责自悔中，被活活饿死了。他死后几个儿子忙着争王位，互相残杀。桓公的尸体在床上停放了六七十天，也没有人收殓，生的蛆都爬出了宫门。

三

我听老银杏讲的第二个故事是“庆父不除，鲁难未已”。其实，只要树老就有故事。但难得的是，一棵树能原地不动地守着一个故事，一等两千年，等来一个伟人旧典新用，又恰和其意。很多人知道这句话是从毛泽东1949年4月4日为新华社写的时评《南京政府向何处去？》里读到的。当时古老而又苦难的中国大地已经被战争揉搓得破烂不堪，亟待和平。但蒋介石就是不肯罢手，还要打下去。毛说“庆父不死，鲁难未已。战犯不除，国无宁日。”蒋政府必须倒台。但谁亲眼见过那个该死的庆父？现在还在世的人当然不可能了，就是在世的树也只有浮来山的这棵老银杏是唯一证人了。这条古老的格言被它收入年轮、挂在了树梢上已两千多年，正好让毛泽东用来解释时局，迎接新时代的到来。

故事的原本是这样的。到春秋后期，礼乐崩坏，无论各诸侯国之间还是王室内部，你争我夺，已经没有什么规矩，寡廉鲜耻，什么丑事、坏事都能干得出来了。尤其是齐、鲁两国，折腾得最凶，而莒国夹在其中。老银杏站在浮来山上，看着这些人间罪恶，有时不免一阵恶心。

先说这个鲁国，国姓姬，与天子同姓，周公后代。因为是与齐国同日封的大国，两国渊源很深，而齐又多美女，所以鲁国国君多娶齐国公主为妇。而齐国，姜子牙后代，国姓姜，就是我们现在常说的“美女姜”的“姜”。不想这些“美女姜”色重德轻，多不守“妇道”，嫁到鲁国后常弄出点风流事来。作为王室，家事即国事，风流事常常演化为政治事件甚至国家灾难。齐僖公有个女儿名文姜，出嫁之前即长期与自己的异母兄（后为齐襄公）私通，国人皆知。后来嫁给鲁桓公，还是藕断丝连，舍不得这个情哥哥。齐襄公登位后借邀请鲁桓公与文姜来齐访问，居然在宴席上灌醉鲁桓公，派人杀了这个妹夫。对外说是饮酒过量身亡。你看这成什么体统。

鲁桓公的继位者是鲁庄公，即桓公与文姜亲生的儿子，他明知道自己的父亲是被老妈和舅舅联合谋杀的，但忌惮齐国的国力，也无可奈何。奇怪的是鲁国王室就是走不出娶齐国美女的魔咒，在他即位24年之后，又娶了一个“美女姜”。这女子名“哀姜”，比她的婆婆“文姜”更加不安分。来鲁不久，就看上了一个风流公子哥，正是鲁庄公的弟弟庆父。庆父在鲁国也是出了名的坏人，政治上勾结各种势力积攒夺权资本，暗中收买武士为他效命，生活上则声色犬马，腐败之极。哀姜爱其风流，喜其权势，两人打得火热。但凡高层政治的男女之情都是政治交易，浪漫的桃色事件，最终都将会演化成残酷的血色黄昏。鲁国的大灾就要临头了。

转眼到了公元前662年，鲁庄公病重，开始讨论继承人的问题。鲁庄公和哀姜之间没有生子，无嫡长子可选，这倒给庆父与哀姜夺权留下了极大的活动空间。哀姜提出一个方案，她虽不生育，但同她陪嫁过来的妹妹为庄公生有一子名启，可扶之为君。庆父支持。可是，鲁庄公不同意。他想立另一个名子般的公子接班。这里面就又藏着一段故事。

在未娶哀姜之前，鲁庄公看上了他的邻居党氏的女儿孟任，便去勾引人家。孟任是大家闺秀，讲究礼仪，要求鲁庄公许诺娶她为正夫人。她又怕鲁庄公说话不算数，还特地互相割臂刺血，歃血为盟。孟任嫁给鲁庄公之后，生了一子名姬般。应该说子般是正版公子。鲁庄公对孟任始终怀有愧心，又不放心哀姜与庆父的勾结，遂想立姬般为继承人。这既是夫妻感情上的平衡也是政治上的平衡。他知庆父不可靠，于是就立储大事去征求其他两个弟弟的意见。不想三弟叔牙已经受贿，便力挺庆父接位。四弟季友正直，说：“父传子位，历来如此，有子在何能传弟？”坚决拥护姬般接位。庄公说眼下叔牙、庆父已联为一体，可奈何？季友很坚决，说：“我会以死力挺姬般继位。”遂派人用药酒毒死了三哥叔牙，卸其联盟右臂。

果然，鲁庄公去世之后，季友假托国君之命，奉姬般为君，保新君暂住在娘家党氏家中。庆父哪能罢休，就派人刺杀了子般，发动政变，扶启为君，是为鲁闵公，做他的傀儡。季友就领着鲁庄公的另一个儿子姬申出逃，在国外建立流亡政府。身为邻国，齐很关心鲁的局势走向。齐桓公就派大夫仲孙湫借出使之名到鲁国去了解情况。仲孙湫回国后向齐桓公报告：“齐国的问题全在庆父一人，如果不除去庆父，鲁国的灾难是永不会终止的！”这就是那句传于后世的名言“庆父不死，鲁难未已”。果然，一年后得寸进尺，庆父又杀死了鲁闵公，自立为君，与哀姜完全把持了国政。两年之内，鲁国的两个国君连续死于庆父之手，国家已经到了崩溃的边缘。百姓人人恨不能食庆父之肉以解其恨。

庆父渐渐不能控制政局，就在公元前660年一个早晨带着哀姜溜出国门，悄悄地向莒国逃去。正是秋季，寒风乍起，只见远处一团黄叶压山，半山之上正是那棵老银杏孤守路旁。他们一同爬上山来，累得气喘吁吁，靠在树下商议。庆父说：“我自知仇人太多，不管跑多远也会被人追杀。你跟我反受其害，还是另觅一小国隐姓埋名去吧。我就在这棵老银杏树下做一个扫院看庙人。”说罢，两人抱头痛哭，洒泪而别。哀姜带着数人投奔邾国而去。

这时季友已返回鲁国，奉鲁庄公另一庶子申即位，是为鲁僖公。政局才算稍稍安定下来。这鲁国本是周天子最早封的姬姓大国，礼仪之邦，这几年让庆父连弑两君，折腾得国无纲纪，道德崩坏，一片败亡气象。新君上台后哪能咽下这口恶气。便派使臣上浮来山与莒国交涉，愿出重金将庆父引渡回国。这莒国本不想得罪齐、鲁，今又能收一批重金，便痛快答应下来。谁知，这事走漏了风声。那天晚上月白风清，庆父一人扫罢院子，便搬了一块石头，坐在银杏树下，自斟一壶浊酒，对树兴叹。想我庆父，王室贵胄，曾呼风唤雨，弑君杀臣如同换马，不想今天到了这步田地。真要回到鲁国，怕连个全尸都不保了。于是起身先向老银杏敬酒一杯，反泼于地，口中念念有词："老银杏呀，看在这一两个月灌水扫叶的份上，就求你收我归去吧。"说罢怀中抽出一条三尺白绫，甩向高枝之上。老银杏将银绫一收，庆父悬在半空。凄冷的月光筛过纵横的枝叶，隐隐约约在白绫上现出一行字：庆父不除，鲁难未已，恶有恶报，终死今日。

庆父虽死，鲁国上下还是民心难平，要清算哀姜的旧账。她与庆父私通，玩弄权谋，是连弑两君的从犯，有人命在身。此时，齐国正是齐桓公主政，他打出"尊王攘夷"的旗号，要延续周礼，主持国际间正义。哀姜是齐国王室女子，出国去联姻是政治任务，本该如昭君出塞，文成进藏，搞好两国关系，留下一段外交佳话。不想她在鲁国做出这种坏事，让齐国感觉很没面子。桓公为了表示他的大义灭亲和重振周礼的决心，也为了修复与鲁国的关系，责令邾国将哀姜引渡回齐国，然后处死，"以尸归鲁"。这段政治丑闻总算翻过一页。

四

一般老树上附载的故事多是些狐精鬼怪、八卦传奇，而这棵老银杏却是在实实在在地说当时的身边事，从公元前一直说到20世纪。它讲的第三个故事，是陈毅怎样在树下"捉放曹"，惩治背信弃义的奸滑之徒。

人心难免有一念之变，但来回反复便为不义。正当民族危亡之时，有一个人忘恩负义，叛来变去，五次倒戈，实为史上之罕见。此人名郝鹏举，本为冯玉祥的旧部，他从传令兵干起，一直升到少将旅长。1924年春，冯送他到苏联深造。不想郝回国之时正赶上蒋、冯、阎大战，冯军失利，郝立即背叛了恩重如山的老首长投向蒋介石。这是他第一次倒戈。

1940年3月，汪精卫在南京成立伪国民政府。郝觉自己不是黄埔系，不受重用，又去投靠汪伪政府。任伪“淮海省”省长。他一下网罗了4个军、7万多人的汉奸兵力，表示对日本“肝脑涂地，死而后已”。这是他的第二次倒戈。

1944年11月10日汪精卫病死，日本败势已现，郝鹏举又给蒋介石写信“效忠”，愿为反共马前卒，又由一个汉奸成为了“国军”的高级将领。这是他的第三次倒戈。

但蒋介石很有心计，他把郝的部队放在我鲁南解放区前线，欲借刀杀人。郝前面是士气旺盛的新四军，后面是装备精良的国军，他这个杂牌军随时会被吞噬。郝又设法托人与共军前线最高指挥陈毅取得联系，希望投诚共产党。

在这国共决战的关键时刻，如能促成万人倒戈是件了不起的大事。陈毅说“历史上国民党军队起义到我们这边来，比较大的有两次，第一次是1931年12月14日赵博生、董振堂领导的宁都起义，大约一万多人；第二次是高树勋在邯郸的起义，也是一万多人。这次郝鹏举起义的人数最多，他自称两万人，我看至少也有一万七八千。”所以中央对争取郝部极为重视。郝在苏联学习时有一同学名师哲，当时正在毛泽东身边工作。郝就给师哲连写三封信。毛泽东亲自出马，直接以师哲的名义给郝连回了三信。可惜我们现在无法看到这三封信的原件，但以毛的文章笔力，估计像史上的那封“最佳劝降书”，庾信的《与陈伯之书》一样，情理并用，是深深地打动了这个投机分子的。他慷慨地表示愿投向人民，“我们在思想上，行动上，要完全和人民的利益配合起来，当着人民要我们流汗，我们就流汗，人民要我们流血，我们就流血。”这是郝的第四次倒戈。

郝鹏举起义后，给毛泽东发去致敬电，中央也回了贺电。他又拜见了陈毅，请求派人帮助他改造部队。陈毅让郝军开进莒县休整，并数次与郝鹏举交谈。陈知道郝是读过书、留过学的人，对他也很尊重。便邀他同游浮来山，在老银杏树下，历数盛衰兴亡往事，借古论今，晓以大义。郝鹏举听得激动，面对古树残碑，也口若悬河，侃侃而谈。并指银杏为誓，愿效当年鲁莒两国树下结盟，与共产党永结同心。郝知道陈毅是诗人，又吟诗一首，以表忠心，同时也为求陈毅唱和：“策马浮来展大荒，齐桓刘勰两茫茫。千年古树应知我，一片忠心照夕阳。”二人在树下畅谈，那老银杏忽听郝直呼它的名字，并引为知己，如梦中惊醒，不由浑身一个寒噤，树叶纷纷抖落。心想，三千年来我在此阅人无数，这树下过往的人不知有多少都是口是心非。对你还要静观细察。陈毅当时虽没有和诗，也着实鼓励了他一番。事情至此，应该已是一个圆满的结局。

不想 1946 年后半年国民党军队开始向解放区大举进攻，郝错判形势，又暗生叛心。这年 6 月，郝鹏举向陈毅提出要到前线去“打蒋介石”，陈毅便知他有投蒋的企图。陈毅劝他三思后行。郝部仍坚持离莒南下，暗中向国军靠近。陈毅也做好了郝部有变的准备。他对郝说，我们有过君子协定的，来则欢迎，去则欢送，但有一条，你必须将我们派去的同志安全地交还我们，我们还是朋友。1947 年 1 月 26 日，郝鹏举召集营以上军官开会，下达命令。重新投靠了蒋介石。作为投蒋的礼物，郝连夜抓捕我工作人员，包括将他当年在苏联的老同学、陈毅派去的政委及家属全部捕杀。这是郝的第五次倒戈。

陈毅闻讯深为震惊，他们没料到郝鹏举竟这样丧尽良心，迅即发起攻击，将郝部全歼，活捉了郝鹏举。毛泽东随即发电："庆祝你们歼灭郝部及俘虏郝逆之大胜利，有功将士予以嘉奖。"

郝鹏举就擒后要求见陈毅。陈说：我对于你要拖走部队是料定了的，但竟敢捕杀我派去的联络人员，则大出我意料。人之无良心竟到了这种地步！你上次刚投诚时向我求诗，现在可以回你一首："教尔作人不作人，教尔不苟竟狗苟。而今俯首尔就擒，仍自教尔分人狗。"从诗意看，还是要改造这个战犯的。但不久国民党重兵来袭，郝作为战俘随我军转移。路上过一河时敌机轰炸，郝又趁乱逃跑，我押解战士抬手举枪，郝扑通倒地，一嘴啃在泥滩里，连同他一生的耻辱，永远被钉在这古老莒国的田野上。山上的老银杏远远听见枪响，长叹一声：事不过三，郝鹏举已经五次倒戈，天理难容了。说什么"千年银杏应知我"，当时我就知你心不善，果然今天有此恶报。

五

中华文明五千年，有说不完的故事。可以读正史如《左传》《史记》，可以读小说如《三国演义》。也可以听人说书。但我们还有另一种方式，就是去读一棵活着的老树。每次来浮来山，我总要抽一点时间，静静地依偎在这棵老银杏树下，仰望它遮天蔽日的枝叶，抚摸着它青筋暴突的树身，或秋叶飘零，斜风细雨，或月上枝头，河汉茫茫，屏气凝神地听老树胸中发出的历史回声。叫人如醉如痴回肠荡气。历史这个东西很有意思，像一条地下河流，时隐时现。有时候丢了，就到书上去找，正史上没有，还可找野史；有时丢了，就到地下去找，专门有一行叫考古；有时丢了，还可到树上去找，树上有一部中国史。

因为连我们人类自己都是从树上走下来的。那古树上下，总会雁过留声，人过留名，事过留痕。

我总觉得，树与人是平等的，它和我们一起创造历史，记录历史。所不同的是，它远比我们长寿，在文字、文物之外可以为我们存留一部活的人文史。像这棵老银杏，能在三千时间的跨度内，活生生地为我们展示一幕幕的善恶人生，复杂人性，全球范围也不多见。莒县在春秋时名莒国，它立国800年，在正史上留下的痕迹并不太多。但是，国不怕小，有树则灵；史不怕绝，树在则存。一树可以传国，可以记史，可以延续国脉。莒国在公元前343年被齐国灭掉，所幸有这棵老银杏在，至今还用它那3000年前的鲜活根系，输送着古代古文明的新鲜乳汁。听说当地发展旅游正在恢复莒国古城，最好的坐标就是这棵春秋老银杏。

国外当然有古树，但没有我们中华民族这样完整的不断线的历史可记；国内某一个地区当然也有完整的人文历史，但要找一棵足够长寿的树静候一旁，不讳不藏，不漏不欺，直书国史，也不容易。其他长寿树也是有的，如松、柏、槐就是。但松多藏于丛山峻岭，避世自养，不问烟火；柏多在庙宇陵园之中，记些神鬼之事；槐则立于村头路旁，耳中多是些爱情男女。只有银杏，长寿古老，号称树中化石。它生于民间，长于庙堂，身挺如旗，叶灿若金，华贵巍峨，飘飘云端。这是一种天生的记功树、荣辱榜，是林中之华表，树中之《史记》。是典型的“人文古树”，几乎就是中华民族的图腾。在春秋战国的无数个国家中，这莒国本是一个湮灭已久的小国，而山上的一株老树却能始终自尽义务，替它的邻居齐鲁大国，替整个春秋战国，保存着一段远去的历史，这是我们应该向它致敬的。

赞曰：

大哉银杏，华表之木。雄枝接天，盘根通古。叶灿如金，果垂银珠。天眼长开，俯察万物。善恶有报，以身直书。民族图腾，国之谤木。

2017 年 12 月 20 日

图书在版编目（CIP）数据

树梢上的中国 / 梁衡著. -- 北京 ：外文出版社，2018.3（2025.7 重印）
（读懂中国）
ISBN 978-7-119-11441-5

Ⅰ. ①树… Ⅱ. ①梁… Ⅲ. ①散文集－中国－当代 Ⅳ. ① I267

中国版本图书馆 CIP 数据核字 (2018) 第 051699 号

本丛书列入国家社会科学基金重大委托项目和
《"十三五"国家重点图书、音像、电子出版物出版规划》项目

出版策划：国家创新与发展战略研究会
出版指导：陆彩荣　徐　步
出版统筹：胡开敏　于　瑛　曾惠杰

责任编辑：曹　芸　于晓欧
装帧设计：柏拉图创意机构
印刷监制：冯　浩　章云天　秦　蒙

树梢上的中国

梁　衡　著

出 版 人：胡开敏
出版发行：外文出版社有限责任公司
地　　址：中国北京西城区百万庄大街 24 号　　**邮政编码**：100037
网　　址：http://www.flp.com.cn　　**电子邮箱**：flp@cipg.org.cn
电　　话：008610-68320579（总编室）　008610-68996177（编辑部）
008610-68995852（发行部）　008610-68996183（投稿电话）
制　　版：北京杰瑞腾达科技发展有限公司
印　　刷：北京盛通印刷股份有限公司
经　　销：新华书店 / 外文书店
开　　本：700mm × 1000mm　1/16　　**印　　张**：13.75　　**字　　数**：170 千字
版　　次：2018 年 12 月第 1 版第 1 次印刷　　2025 年 7 月第 1 版第 6 次印刷
书　　号：ISBN 978-7-119-11441-5
定　　价：50.00 元